Shrigleys ex

to

Lockett.

Requisitions a

answers on the

Fait et passé dans notre étude ce vingt cinq janvier mil huit cent quarante deux en présence des sieurs Jean Dumatte propriétaire domicilié à Castelnau, et Pascal Brouillé domicilié à Maubourguet, après lecture faite Marie Daureillos requise de signer a déclaré ne savoir, lesdits témoins ont signé avec le notaire.

huit

Brouillé

Dumatte

Larrere notaire

5.80
58.
6.38

Enregistré à Castelnau Riv. Bse le premier février 1842 fol 37 r° c 4. Reçu cinq francs quatre vingt centimes en principal, décime cinquante huit centimes.

Chermans

N° 2334.

Par devant Mᵉ Lasserre notaire à la résidence de Castelnau Rivière Basse département des Hautes-Pyrénées et les témoins ci-après nommés

N° 25.

Fut présente

St Lanne.

Marie Daurelhan couturière domiciliée à St Lanne, cohéritière pour un tiers dans la succession de Marie Anne Ducuron sa mère

Laquelle reconnaît avoir reçu en espèces ayant cours de monnaie partie comptée précédemment et partie à la vue du notaire et témoins soussignés

du Sr Pierre Adrien Louit son neveu tailleur d'habits domicilié à St Lanne, qui paie de ses deniers en l'acquit décharge et libération de Marie Anne Ducuron son épouse, et de Jean Ducuron son beau-frère

quittance.

le 7 juin 1844 [illegible] Louit.

La somme de onze cent quarante francs quatre-vingt neuf centimes, composée savoir: de onze cent trente un francs six centimes de principal dûe à la comparante pour le solde et final paiement de la restitution auxquels lesdits Jean et Marie-Anne Ducuron avaient été condamnés par jugement du tribunal de Tarbes en la date du vingt six juin mil huit cent trente deux, ladite restitution fixée par le partage passé devant Mᵉ Dasque notaire à Larreule, le vingt six novembre [illegible] enregistré

[illegible] celle de neuf francs quarante trois centimes [illegible] intérêts de la somme ci-dessus, courus depuis la date de partage jusqu'à ce jour

de laquelle entière somme ladite Marie Daurelhan consent quittance expliquant qu'au moyen de ce paiement, elle n'a rien plus à réclamer [illegible]

새드 피아노

지 나 간
사 랑 은
⋮
모두 아프다

새드 피아노

지 나 간
사 랑 은
⋮
모두 아프다

박종훈 지음

for book

피아노,
사랑을
짓다

PROLOGUE

/

이 책은 결코 음악에 대한 지식을 전하는 책이 아니다. 100% 진실을 말하는 책도 아니다. 여기, 내가 쓴 대부분의 글들은 직접 고른 주옥같은 피아노곡들에 부치는, 나의 상상 속 이야기들이다.
이야기를 풀어 나가는 주체는 내 자신일 때도 있고, 내가 아는 다른 사람일 때도 있고, 가상의 인물일 때도 있다. 어느 정도 나의 지식과 경험을 바탕으로 창조해냈지만, 이 글들은 어디까지나 그 음악들에 대한 나의 판타지이고, 나는 이 이야기들을 통해서 내가 선택한 이 보석과도 같은 클래식 피아노곡들과 독자들이 친해질 수 있는 멋진 계기를 만들고 싶을 뿐이다.
나는 사람들이 음악을 들으면서 자신만의 상상력을 100% 발휘하게 되기를 바란다. 음악이란 지극히 추상적인 형태의 예술. 그것을 어떻게 받아들이는가 하는 문제는 개인의 주관적인 판단이 가장 중요하게 작용한다. 그런데 지금의 음악 애호가들은 음악 예술을 대할 때, 마치 그 곡의 모든 것을 머리로 인지하지 않으면 안 된다는 강박 관념에 사로잡혀 있는 듯하다.

물론 지식은 필요할 거다. 객관적인 잣대로 음악을 평가하거나 그 흐름을 이해하기 위해서는 그 곡에 대한 역사적인 배경이나 이론적 지식이 있으면 많은 도움이 될 테니.

하지만 그것이 본질은 아니다. 음악은 머리로 이해하는 것이 아니라 가슴으로 느끼는 것이기 때문이다. 그런 의미에서 내가 쓴 글들은 이 피아노곡들에 대한 구체적 해설이 아닌, 그 음악의 감성적인 '본질'에 다가가기 위한 방법의 제시라고 할 수 있다.

/

사랑은 음악으로 표현하는 가장 흔하고 효과적인 소재이다. 음악뿐만 아니라, 모든 장르의 예술에서 사랑을 빼면 남는 것이 많지 않을 것이다. 모든 형태의 예술 작품을 통해 사랑이 다루어져 왔고, 또 앞으로도 끊임없이 다루어질 것이라는 사실 역시 의심의 여지가 없다. 문제는 이 사랑이라는 것이 무엇인지를 정의하는 일이 참으로 까다롭다는 거다. 현실 속에서도 그렇고, 글로 표현하려 해도 마찬가지다. 더욱이 음악과 같이 애매모호한, 코에 붙이면 코걸이이고 귀에 붙이면 귀걸이가 될 수 있는 예술의 장르를 빌어 사랑에 대하여 말하려 할 때, 인간의 논리란 얼마나 빈약한 것인가 하는 것을 새삼 깨닫게 되니 말이다.

하지만 뒤집어 생각하면 마음이 편안해진다. 그래, 음악은 '듣는 사람 마음대로'이다. 내 마음대로 생각하고, 내 마음대로 느껴도 아무도 뭐라고 할 사람이 없다는 거다. 중요한 것은 그저 느끼는 거고, 그 느낌을 통해 나만의 감성이 반응하는 일이다. 아름다운 첫사랑을 노래한 음악을 들으면서 슬픈 이별을 상상한다 해도 나무랄 사람, 아무도 없다.

/

마음을 열고, 음악을 느끼고, 마음 내키는 대로 상상의 나래를 펼쳐도 좋겠다. 음악 속의 사랑에 대한 내 마음의 화답은 수십 번, 수백 번 반복된다 해도 문제될 것 없을 테니까.

2014년 9월 어느 날, 이탈리아 꼬모에서
박종훈 씀

J 1
V 2
S 3
D 4
L 5
M 6
M 7
J 8
V 9
S 10
D 11
L 12
M 13
M 14
J 15
V 16
S 17
D 18
L 19
M 20
M 21
J 22
V 23
S 24
D 25
L 26
M 27
M 28
J 29

새드 피아노

⋮

지나간 사랑은
모두
아프다

Contents

N° 2334.

Par devant Me Lasserre notaire à la résidence de Castelnau-Rivière-Basse [illegible] département des Hautes-Pyrénées et les témoins ci-après nommés

Fut présente

Marie Daurcillan couturière domiciliée à St Laurent, héritière pour entier dans la succession de Marie Anne Ducuron sa mère

Laquelle reconnaît avoir reçu en espèces ayant cours de monnaie partie comptée précédemment et partie à la vue du notaire et témoins soussignés

de M. Pierre Adrien Louit son neveu tailleur d'habits domicilié à St Laurent, qui paie de ses deniers en l'acquit décharge et libération de Marie Anne Ducuron son épouse, et de Jean Ducuron son beau-frère

La somme de onze cent quarante francs quatre-vingt neuf centimes, composée savoir 1° de onze cent [illegible] un francs six centimes de principal dû à la comparante pour le solde et final paiement de la restitution [illegible] auxquels les dits Jean, et Marie-Anne Ducuron avaient été condamnés, par jugement du tribunal de Tarbes sous la date du vingt six juin mil huit cent [illegible] deux, ladite restitution fixée par le partage passé devant Me Casale notaire à Larreule, le vingt six nove[mbre] [illegible] enregistré

[illegible] celle de neuf francs quarante trois centimes [illegible] intérêts de la somme ci-dessus, courus depuis [la date] de partage, jusques à ce jour

de laquelle entière somme ladite Marie Dau[rcillan] consent quittance expliquant qu'au moyen de ce paiement, elle n'aura plus rien à réclamer des

25.

St Laurent.

Quittance.

le 7 juin 1844 [illegible] Louit.

1

지나간 사랑은

composed by 더스티 피아노 Dusty Piano
title 새드 피아노 Sad Piano

슬프다

나는 피아노야. 그렇다고 웅장한 콘서트홀에서 볼 수 있는 거대하고, 반짝반짝 윤이 나고, 언제나 새하얀 건반을 자랑스럽게 뽐내는, 그런 멋진 그랜드 피아노는 아니야. 여느 집에서 얼마든지 볼 수 있는 작고 아담한 업라이트 피아노지. 그래도 거무튀튀한 분위기 없는 놈은 아니고 뭐… 많이 낡기는 했지만, 마호가니 색상에 섬세한 조각이 들어가 있는 예쁜 피아노야.

/

내가 그 집에 처음 팔려갔을 때 - 그땐 나도 몸에 윤기가 흐르고, 건반도 연예인의 치아처럼 하얗고 가지런했어! - 그 아이는 여덟 살이었지. 유난히 똑똑하고 차분하고 착한 아이였어. 커 가면서 한 번도 부모님 속을 썩인 적도 없고, 뭘 하던 진지하게 열심히 했지. 물론 피아노도 열심히 쳤고. 그런데 남 앞에 나서길 좋아하는 성격이 아니어서 피아니스트가 되겠다고는 생각 안 하는 것 같았어. 항상 혼자 있는 걸 더 좋아하는 아이였지.

그 아이는 나를 참 좋아했어. 책은 늘 내 앞에 앉아서 봤고, 공부를 할 때도 내 뚜껑을 닫아놓고 그 위에서… 그리고 매일매일 혼자 피아노를 연주하면서 즐거워했어. 심지어 나를 상대로 말을 하기도 했단다. 시시콜콜한 이야기였지만 마치 진짜 친구한테 하듯이 말이야. 나도 그 아이와 함께 있는 시간이 정말 좋았고, 그 아이가 학교에서 돌아오기만을 기다렸고, 진심으로 그 아이를 사랑했어.

그 아이는 언제나

“사랑하는 내 피아노야” 하고

날

불러주었어.

그렇게 10년 정도가 흘렀어. 내 몸도 많이 낡아 버렸고, 처음 그 집에 갔을 때처럼 윤기 흐르는 새 피아노는 아니었지만, 그 아이는 여전히 날 아껴 주었단다. 가장 예쁜 것들은 항상 내 위에 장식되어 있었고, 먼지가 덮일 틈이 없게 매일 닦아 주었어. 여러 번 이사하면서 다치고 흠집이 난 부분들은 다른 가구로 살짝 가려주는 센스까지… 난 정말 최고의 주인을 만난 거지.

그런데 언젠가부터… 그 아이가 달라졌어. 무엇보다 방에 혼자 있는 시간이 적어졌고 내 위에 먼지가 쌓이던, 죽은 파리가 떨어져 있던, 그냥 내버려 두기 일쑤였어. 난, 처음에는 화가 났지만 점점 이 아이한테 무슨 일이 생긴 게 아닌지 걱정이 되기 시작했지. 그렇게 착하던 아이가 부모님들과 언쟁을 벌이는 일도 잦아졌고, 입에도 안 대던 술을 마시고 들어와서 혼자 훌쩍훌쩍 우는 것도 여러 번 봤거든.

그 아이와 부모님 간의 대화를 엿들으면서 차츰 알게 되었는데… 남자 친구가 생겼더구나. 그 아이 일생의 첫 남자. 열여덟 살에 첫 남자 친구면 좀 늦은 감이 있지? 하지만 요즘과 달라서, 그때 어른들은 무슨 어린애가 벌써 남자를 만나느냐고 했었지. 하여간 그것 때문에 부모님은 못마땅해 했고, 그 아이는 이제까지의 모습과 다르게 부모님한테 반항하거나 밖에 나가서 늦게까지 안 들어오기도 하고… 무엇보다 날 뒷전으로 밀어두고 사는 게 너무 섭섭했어.

그러던 어느 날··· 아주 늦은 밤이었어. 그 아이가 밖에서 돌아왔는데, 그 몰골이 정말 처참했어. 머리는 수세미처럼 헝클어져 있고, 얼굴은 넘어졌는지 맞았는지 멍투성이고, 어두워서 잘 안 보였지만 옷도 좀 찢어진 듯했어. 터벅터벅 걸어들어오더니 피아노 의자에 털썩 주저앉았어. 그리곤 엎드려서, 술 냄새 풀풀 풍기면서 닭똥 같은 눈물을 뚝뚝 흘리는데 아주 미치겠더라고.

건반 위로 눈물이 떨어지고 눈물인지 콧물인지, 그게 건반 사이로 스며드는데도 닦을 생각은 하지 않고 계속 울기만 해. 낡아빠진 업라이트 피아노 주제에 뭘 그렇게 예민하냐고 할지는 몰라도, 나도 그때 불만이 많은 상태였거든. 아무리 남자 친구가 생겼다고 해도 어떻게 그렇게 까지 날 팽개치고 다닐 수 있느냐는 거지.

게다가 건반 사이로 액체가 들어가면 닦기도 힘들고, 잘 마르지도 않아서 정말 곤란해. 10년 동안 물 한 번, 주스 한 번, 흘린 적 없는 아이인데 말이야.

그런데 그 아이가 갑자기 울음을 멈추더니, 나한테 말을 걸기 시작한 거야. 이게 얼마만이야! 남자 친구가 생긴 이후에는 나란 존재는 완전히 잊고 사는 것 같았는데, 정말 오랜만에 나에게 이야기를 하기 시작한 거야. 정말 기가 막히는 이야기를!

/

그 남자는 화가였어. 나이는 30대 중반. 남자라기보다 그냥 아저씨지. 용돈을 만들려고 방학 때 그림 모델 일을 했었는데 그걸 계기로 알게 된 선생님인가 봐. 이야기를 들어보니 그 남자가 먼저 접근한 거더라고. 열여덟 살밖에 안 되는 순진한 아이가 뭘 알겠어? 그냥 꼬임에 넘어간 거지. 그래서 아이를 너무 곱게만 길러도 안 되는 거야. 남자 볼 줄을 모르니. 어쨌든 그래서 둘은 가까워졌고, 이 아이는 그 남자에게 완전히 푹 빠졌어. 나에게 이야기를 하는 중에도 계속 '멋있는 남자'라거나 '친절할 때는 정말 친절하다'거나… 하여튼 뭐가 씌어도 확실하게 씐 게지.

그런데 이야기를 들어보니 아주 나쁜 놈이더라고. 교외의 작업실에서 혼자 사는데 그 아이를 무슨 종 부리듯 하고, 심지어는 때리기까지 했대. 거기에다 돈도 없는 가난뱅이래. 그런 이야기를 하면서도 항상 그런 건 아니라고, 천성은 착한 사람이라고, 언젠가 위대한 화가가 될 거라고… 자꾸 그 남자 변호를 하는 걸 보니 이거 정말 큰일 났다 싶더라고.

결정적인 부분은… 그 아이가 임신을 했었다는 거야. 임신한 사실을 확인하고는 너무나 겁이 났었대. 처음으로 남자란 걸 알게 된 지 얼마나 되었다고, 덜컥 임신이라니… 너무 놀라고 무서웠겠지. 하지만 시간이 조금 흐르면서 뭔지 모를 용기가 생겼다나. 그 남자의 아이를 낳아서 길러야겠다는. 그 마음을 남자한테 이야기한 거지.

그 남자의 반응은… 뭐 이쯤 되면 짐작이 가겠지만, 외려 불같이 화를 내면서 빨리 뱃속의 아이를 떼어버리라는 거였지. 다 그렇잖아? 그런 놈들이란! 자기가 좋을 땐 언제고 책임은 못 지겠다… 내가 사람처럼 말을 할 수 있었으면 시원하게 욕이라도 퍼부어 주고 싶을 정도였어. 그럴 땐 누가 건드려 주지 않으면 도레미 소리도 못 내는 내 처지가 한탄스럽더라고.

그 아이는 계속 버텼어. 자기 몸속에 생긴 생명을 죽이는 일은 못하겠다고 말이야. 그리고 매일 쥐어 터지면서도 계속 그 남자를 만나러 간 거야. 며칠 그러다가… 그날, 나한테 이 이야기를 해준 그날, 남자한테 죽도록 맞고 하혈까지 하고… 인정사정없이 쫓겨났대. 그리고 병원에 가서 유산을 확인하고서 혼자 술을 마시고 집으로 들어온 거야.

그 후, 그 아이는 며칠을 그냥 방 안에서만 지냈어. 밥은 먹는 둥 마는 둥, 부모님이 말을 시켜도 아무 대답도 안 하고는 하루 종일 피아노 의자에 앉아서 창밖만 쳐다보았지. 더 이상 나한테 말을 걸지도 않았어. 정신 나간 사람처럼 멍하게 있다가, 훌쩍훌쩍 울다가, 잠이 들었다가… 그러더니 갑자기 주섬주섬 짐을 싸서는 그냥 집을 나가 버렸어. 나가다가 나를 물끄러미 쳐다보면서 무언가 말을 하는 것 같았는데, 무슨 말인지는 안 들렸어. 그게 마지막이었어.

두어 달 후쯤 그 아이의 부모님은 나를 중고 피아노 가게에 팔아버리고 이사를 가버렸지. 그게 벌써 13년 전 일인데 그

후로는 그 아이가 어떻게 되었는지, 나는 몰라.

그 아이의 슬픔과는 비교할 수 없겠지만… 나도 많이 슬펐어. 매일매일 나의 존재 가치를 만끽하게 해주던 그 아이. 그 아이의 손길이 그립고, 그 아이의 목소리가 그리워. 그 이후에 난 다른 집에 팔려갔다가, 그저 애물단지 취급만 받고는 며칠 전 다시 여기로, 이 허름한 피아노 가게로 팔려온 거야. 정말 냄새나고 더럽고 벌레 우글거리는 이곳으로.

/

그 아인 지금 어디서 뭘 하며 살고 있을까? 다른 남자를 만났을까? 그 아픈 기억은 잊었을까? 피아노는 칠까? 내가 보고 싶지 않을까? 나한테 작은 소원이 하나 있다면… 한 번만 더 그 아이가, 내가 그렇게 사랑했던 그 아이가, 내 앞에 앉아 있는 모습을 보는 거야.

피아노 소리는 안 내도 좋아. 어차피 이젠 좋은 소리가 나지도 않아. 그저 한 번만 더, 예쁘고 차분한 모습의 그 아이가 내 앞에 앉아서 미소 짓는 모습을 보고 싶어. 날 다시 사 가지 않아도 좋아. 그 아이가 날 찾아올 수 있다면, 그 아이가 어릴 적에 날 대하던 그 미소를 볼 수 있다면, 피아노 의자에 앉아서 잠시나마 행복했던 옛 기억을 되살릴 수만 있다면… 내 몸이 해체되어서 고물상으로 팔려가더라도 괜찮을 거 같아.

/

그래. 난 그런 피아노야. 슬픔을 간직한 피아노.

"뭘 그렇게 봐? 늦었어. 빨리 가자."
"저기… 저, 피아노 가게 안에 있는 마호가니 색 피아노 보여? 쇼윈도에 있는 거 말고, 가게 안쪽 구석에 있는 거."
"어디? 저 왼쪽 구석에 있는 낡아 빠진 피아노?"
"응. 왠지… 슬픈 사연이 있는 피아노 같아."
"갑자기 무슨 뚱딴지같은 소리야?"
"저거… 사면 안 될까?"
"저런 걸 왜 사? 우리 아기 태어나면 멋진 새 피아노 사주기로 했잖아. 이번엔… 정말 괜찮을 거야. 의사가 그러는데 지난번에 두 번 유산했을 때와는 다르대. 너도 많이 건강해졌고, 뱃속 아기도 아무 이상 없고… 그러니까 빨리 가자."
"응. 근데 저 피아노… 내가 어렸을 때, 내 방에 있던 피아노랑 비슷하게 생겼어. 저기 저렇게 처박혀 있는 게 왠지… 많이 슬퍼 보여. 언젠가 꼭 다시 찾으러 온다고 약속했는데, 내가 흘린 눈물 자국도 닦아 주지 못하고 나와서 미안했는데, 내 슬픔을 다 알고 있는 유일한 존재인데. 사랑하는 내 피아노…."
"응? 뭐라고 했어? 지금 뭐라고 혼자 중얼대는 거야?"
"아… 아무것도 아니야. 빨리 가자. 병원 시간 늦겠다."

2
눈물

composed by 라흐마니노프 Sergei Rachmaninoff
title 엘레지 Elegie, Op. 3, No. 1

"오빠! 이렇게 추운 날 말이야. 입김이 하얗게 얼어버릴 정도로 추운 겨울날… 울어본 적 있어?"

변치 않을 사랑을 굳게 약속한, 만난 지 몇 달 안 되었지만 마냥 사랑스럽고 귀여운 내 약혼녀가 콧물을 훌쩍이며 뜬금없이 묻는다.

"… 아니."

왜 갑자기 그런 걸 물어보느냐고 되묻지는 않았다. 나는 안다. 그 느낌을 안다. 입김마저 얼어버릴 것 같은 차가운 길 위에서 울어본 적이 있었으므로.

/

오래 전의 어느 날, 많은 시간이 흘렀지만 생생하고도 또렷하게 기억한다. 그날, 내 심장을 꽁꽁 얼려버릴 것 같은 그 추위 속에서 나는, 끊임없이 눈물을 쏟았었다. 온통 하얗게 눈으로 덮인 세상 속에서 더 하얗게 변해가는 내 얼굴… 그렇게 울고 또 울었다.

나에게 내일이란 없을 듯했다. 그때, 내가 사랑했던 나의 그녀에게 내일이 없어서였다. 나의 전부였던 그녀에게 내일이 존재하지 않을 것이었기에 나의 내일 또한… 없었다.

"오빠, 왜 그래? 울어? 눈에 뭐 들어갔어?"

"아… 아니. 나도 너무 추워서. 정말 춥다 오늘. 바람도 너무 차고. 이러다 감기 걸리겠다. 우리 딱 붙어서 걷자."

/

창백한 피부를 가진 그녀의 눈망울은 세상 그 무엇보다 투명했었다. 상트페테르부르크의 잿빛 하늘이, 옛 시절의 영화(榮華)를 짐작으로밖에 느낄 수 없는 고도(古都)의 남루함이, 그녀를 더욱 맑고 깨끗하게 보이게 했다.

우울하기 짝이 없었던 유학 시절, 그녀와의 만남은 '나'라는 인간을 완전히 바꾸어 놓았다. 부정적이고 반항심으로 가득 차 있던 나의 세계관 자체를 뒤집어 놓았으며, 생전 가져 보지 못한 대담함에, 차디찬 발트 해에 맨몸으로라도 기꺼이 뛰어들 수 있을 것만 같은 용기까지 가져다주었다.

나는 그녀에게 망설임 없이 다가갔고, 사랑에 빠졌고, 우리는 그렇게 둘도 없는 사이가 되었다.

"춥고, 감기 때문에 괴롭고, 길은 미끄러워도… 역시 겨울은 로맨틱해. 눈이 더 펑펑 내리면 좋겠다. 눈 쌓이면 아무리 아파도 나와서 눈사람을 만들 거야. 어렸을 때 기억도 나고, 오빠랑 같이 만들면 정말 좋을 테니까. 우리, 사진 많이 찍자. 우리의 첫 겨울이니까 추억을 많이 만들어야지? 안 그래?"

"어? 어… 그렇구나, 정말. 같이 보내는 첫 겨울이지. 눈 오는 날, 이렇게 같이 걷는 것도 처음이고…."

/

상트페테르부르크의 날씨는 가뜩이나 염세적인 나를 더욱 어둡게 만들었다. 잔뜩 찌푸려 있거나 비가 오거나 아니면 눈이 내렸다. 눈 내리는 이 오래된 도시가 얼마나 아름다운지도 그녀를 만나고 나서야 알게 되었다.

꼭 오늘 같이 추운 날, 오늘처럼 눈이 흩날리던 겨울날, 우리는 처음 만났다. 그리고 1년 후, 오늘 보다 더 춥고 더 많은 눈이 내리던 날, 그녀를 떠나보냈었다. 그날, 나는 앞이 안 보일 정도로 눈이 내리는 넵스키 대로를 마냥 걸으며 얼굴에 눈물 자국이 선명하도록 흐느꼈다.

"남들은 결혼 준비를 하면서 많이 싸운다던데… 우리는 싸우지도 않고, 어떻게 이렇게 행복하기만 하지? 정말 알 수가 없다니까."

"음. 정말 그래. 그런데… 봄까지 안 기다리고, 겨울에 식 올리기로 한 거… 후회하지 않는 거지?"

"그럼. 난 눈이 하얗게 내린 겨울날에 오빠 같은 사람 만나서 결혼하는 게 꿈이었는데 뭐. 봄도 좋지만 겨울은 정말 낭만적이야."

"…."

"오빠, 우리 엄마가 젤 좋아하는 옛날 영화가 있거든. 〈러브 스토리〉라고. 거기서 주인공 커플이 눈 위에서 웃고 넘어지고 키스하고… 걔네들 옷 입은 건 좀 촌스러워도 정말 낭만적이더라고."

맞다. 낭만적이다. 적어도 남들이 보기엔 그럴 거다. 느닷없이 병원으로 실려가 입원하기 직전까지도 그녀는 나에게 단 한 번도 앓고 있다는 것에 대해 말하지 않았다. 지금 생각해보면 유난히 창백하고 마른 그녀는 한눈에 보아도 알 수 있는 병자의 모습이었지만, 그 당시 한껏 사랑에 빠진 나의 눈에는 모든 게 그저 '예쁘게만' 보였었다.
'아, 이토록 낭만적인 모습을 가진 여자라니' 하고 생각했는지도 몰랐다. 마치 이 세상의 인간이 아닌 것 같은 그녀의 모습에 취해, 나는 현실과 꿈을 구분하지도 못하고 지냈던 것이다. 그저 기침을 자주 하는 걸 보니 기관지가 안 좋은가보다, 생각했는데…. 어리둥절한 나에게 '이제 더 이상 못 볼 수도 있다'는 한 마디… 그게 마지막이었다.

"근데 오빠, 그 영화 보긴 봤어? 결국은 비극으로 끝나잖아. 눈물 없인 못 볼 영화지. 갑자기 그 영화 생각이 나서 울어본 적 있냐고 물어본 거야. 요즘은 그렇게 슬픈 영화를 안 만든대. 해피엔딩이 아니면 사람들이 보러 오지도 않는다고. 하긴 나라도 그럴 거 같아. 돈 주고 굳이 기분 찜찜해져서 나올 영화를 볼 필요가 있겠어? 있잖아, 오빠. 우리는… 오래오래 행복하고 건강하게 살자. 응?"
"그럼. 당연하지. 영화는 그냥 영화일 뿐이야."

/

그녀의 임종은 다른 사람을 통해서 들었다. 차디찬 공기가, 내 눈물과 함께 녹아내리는 눈발이, 어둡기만 한 상트페테르부르크의 우울한 거리가 너무나 싫었다. 1년 전에는 그토록 아름다웠던, 순백색으로만 보였던 눈 내린 도시가 이제는 숨도 제대로 쉴 수 없는 감옥처럼 가슴을 옥죄어 왔다. 유일한 온기라고는 끊임없이 흐르는 눈물뿐이었다.

/

"데려다 줘서 고마워. 오빠도 감기 안 걸리게 조심해. 길도 미끄럽고… 오늘, 오빠랑 눈 맞으며 같이 걸어서 너무 좋았어. 우리… 딱 열흘 남았다. 이제 같이 사는 거네? 정말 행복해."
"응. 잘 자고… 감기 심해지지 않게 몸조리 잘해. 전화할게. 사랑해~."

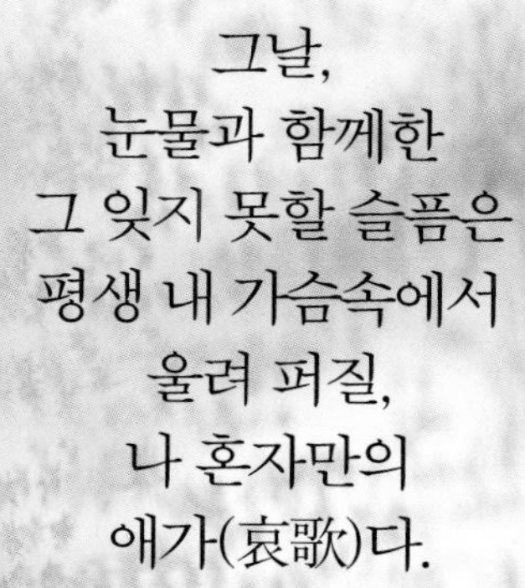

그날,
눈물과 함께한
그 잊지 못할 슬픔은
평생 내 가슴속에서
울려 퍼질,
나 혼자만의
애가(哀歌)다.

3

같은 하늘

composed by 드뷔시 Claude Debussy

title 월광 Clair de Lune

어딘가에서

살아서 숨 쉬고 있을 테지.

지금, 어쩌면 그 아이는

나와 같은 하늘을

바라보고 있을지도.

유난히 까만 머리칼을 가진, 말이 별로 없었던 그 아이는 항상 우리 무리와 어울려 다녔다. 절대 앞으로 나서는 법은 없었지만, 언제나 궂은일을 도맡아 했다.
말도 많고 탈도 많은 학창 시절의 여름학교. 매일같이 크고 작은 사건이 벌어지고, 웃기지도 않은 루머가 떠돌고, 충동적인 사랑에 빠지기 일쑤고, 게다가 더 우스운 건 그 짧은 시간 동안 만났다 헤어졌다 하는 것이 다반사라는 거다. 마치 인생살이의 축소판을 한 달 동안 경험하는 것 같은 기분이랄까. 그럼에도 불구하고 그 아이는 언제나 있는 듯 없는 듯 조용했다.
그 아이는 항상 우리 주변을 맴돌았다. 부르지도 않았는데 슬그머니 다가와서 같은 테이블에 앉았고, 수업을 들을 때도 항상 가까운 곳에 자리를 잡았다. 우리끼리 게임이라도 하려 하면 슬쩍 끼여서 말없이 어울리기도 했다. 사실 우린 좀 어리둥절했지만, 싫지는 않은 아이였기에 자연스럽게 같이 어울렸다. 그렇게 함께 모여 떠들면서 먹고 마신 뒤에는 언제나 그 아이가 뒷정리를 했다. 조용히 종이컵과 접시를 치우고, 쓰레기를 버렸다. 테이블을 닦는 것도 그 아이의 몫이었다. 너무나 차분한 모습과 한결같이 곱게 빗은 까만 머리칼이 가끔은 날 섬뜩하게 할 때도 있었다. 까맣고 긴 머리에 새까만 눈동자, 다소곳한 모습에다 너무나도 조용했던 그 아이가.

우리의 무리 안에서도 크고 작은 일들이 벌어졌다. 끼리끼리 모여 최신의 정보들을 주고받았다. 누가 누구를 좋아한다느니, 누구는 키스를 시도하다 거절당했다느니 하는 유치한 이야기들이다. 나도 그 이야기에 심심찮게 등장했고, 나중에 안 것이지만 그런 소문들 중에는 얼토당토않게 지어낸 이야기들도 많았다.

그 아이는 그런 이야기에 등장하는 법이 없었다. 그 아이는 유별나 보이긴 했지만 딱히 매력적이진 않았다. 우리와 함께 있거나 아니면 숙소에 처박혀 있었다. 가끔 같이 놀다가도 슬그머니 자리를 떠서 숙소로 돌아가곤 했는데 그 모습을 제대로 본 기억은 별로 없다. 떠들고 놀다가 둘러보면 없었던 경우가 많았다. 하지만 없으나 있으나 별반 차이가 없었기에 아무도 신경 쓰지 않았다.

내가 사귀기 시작했다고 소문난 상대도 항상 같이 몰려다니는 무리 중 한 명이었다. 그 소문은… 유치했지만 반 정도는 사실이었다. 특별히 사랑에 빠지거나 좋아했던 건 아닌 것 같은데… 그저 한여름의 묘한 분위기에 휩쓸린 정도였을 것이다.

나중에 눈치 채기 시작한 일이지만 내가 그 소문의 상대와 재미나게 떠들거나, 체스를 두거나, 무언가 같이 먹거나 할 때면 그 까만 머리칼의 아이는 슬그머니 숙소로 돌아가곤 했다. 하루는 우연히 내가 쓰던 펜을 찾다가 그 아이에게 빌려 준 것을 기억해 내고는 두리번거리며 찾았으나 눈에 띄지 않았다. 숙소로 가니 책상에 앉아 무언가 쓰고 있었는데 그 아이가 손에 쥐고 있던 건 나의 펜이었다.

"펜이 필요해서… 같이 놀지 왜 혼자 들어와 있어?"

그 아이는 밉지 않은 미소로 날 올려다봤다. 그러고는 말했다.

"네가 즐거워 보여서… 내가 있으면 왠지 방해될 거 같아서."

난 한동안 말없이 문간에 서 있었다.

나와 소문 속 상대인 아이와는 심각한 관계로 발전하지 않았다. 역시 분위기에 휩쓸린 만남은 오래 갈 이유가 없었던 것 같다. 하지만 그 까만 머리의 아이와는 그날 이후로 조금 가까워진 느낌이었다. 까만 여름 밤, 그 하늘의 별과 달을 올려다보며 이야기하는 게 좋았다. 우리는 서로 자신의 이야기를 했고, 서로의 이야기에 귀 기울여 주었으며, 내가 이야기를 할 때면 그 아이는 언제나 가볍게 웃고 있는 얼굴이었다. 딱히 재미있는 일은 없었지만, 뭔지 모를 편안함이 우리 주위를 감쌌다.

그 아이는 특별한 종교가 있다고 했다. 그게 무언지는 일절 이야기하지 않았고, 그 종교 때문에 다른 사람과 깊은 관계에 빠지는 건 어려운 일이라 했다. 난 도통 무슨 말인지 이해하지 못했지만, 캐묻지는 않았다. 할 말이 없어지면 우리는 그저 하늘을 바라보았다. 시골 밤의 달빛은 유난히 밝게 느껴졌는데 달빛 아래 그 아이의 눈동자는 더더욱 까맣게 보였다.

이제 여름학교도 끝이 났다. 다들 뿔뿔이 흩어져서 집으로 돌아가야 했다. 언제 무슨 일이 있었냐는 듯이 또 새로운 생활을 위해 작별 인사들을 나눴다. 나는 그 아이를 버스 정류장까지 데려다 줬다. 데려다 주겠다는 말은 필요 없었다. 우리는 그냥 같이 걸었다. 단 한 마디도 안 하고 걸었다. 빌려 준 펜을 아직도 받지 못했으나 달라고 하지는 않았다. 버스는 이미 도착해 있었고, 그 아이는 바로 짐을 실었다. 그러고는 비로소 내 얼굴을 바라보고 한 마디를 건넸다.

"안녕. 아마도… 다시는 못 보겠지?"

그러더니 나를 와락 껴안았다. 나는 그 아이의 등을 토닥거려 주었을 뿐, 아무 말도 하지는 않았다. 버스에 오르는 그 아이에게 손만 흔들어 주고 매정하게 뒤돌아 걸었다. 걸으면서 내내 생각했다.

나는 왜 '잘 가'라는 말 한 마디도 해 주지 못했을까.

뭔가 따뜻한 말, 혹은 다시 만나자는 말, 보고 싶을 거라는 말… 이런 말들을 해 줬으면 얼마나 좋았을까. 연락처라도 물어볼 걸. 버스로 다시 뛰어가서 펜이라도 받아올 걸. 한숨만 푹푹 내뱉으며 후회 막심하게, 그대로 계속 걷기만 했다.

/

까만 시골 밤의 밝은 달빛, 더 새카맣게 보이던 그 아이의 눈동자가 생각난다. 어쩌면 지금, 같은 달을 쳐다보고 있는 건 아닐지….

4
설강화

composed by 차이코프스키 Pyotr Ilich Tchaikovsky
title 4월 "설강화" The Seasons, Op. 37a, April "Snow Drop"

나에게 이 이야기를 해주신 분은 이미 이 세상에 없다. 만약 살아 있었다면 100세가 넘은 나이였을 텐데… 이미 10여 년 전에 천수를 다하셨다. 유난히 4월을 좋아하시던 그분의 아련한 기억. 문득, 먼 곳을 바라보며 나직하게 이야기하던 그 분의 목소리가 떠오른다.

/

"중학교를 졸업하고 재봉 전문학교에 갔지. 공부는 아주 잘할 수 있었지만, 부모님이 고등학교 진학을 허락하지 않았단다. 난 재봉 학교를 마치고 재봉사로, 또 재단사로 일하게 되었어. 집에서 직장까지 걸어서 한 시간이나 걸리는 거리였지만, 젊었기 때문에 그 고생도 감수하고 일했단다. 퇴근 시간에 맞춰 가끔씩, 동생이 자전거로 마중을 나와 주곤 했던 기억이 나는구나. 동생이 모는 자전거를 얻어 타고 집으로 돌아가는 길은 참 즐거웠단다. 무슨 말을 했는지 기억은 나지 않아도 동생과 같이 큰 소리로 웃고 떠들면서 돌아오는 그 길은 정말 행복했어.

난 부모가 정한 상대와 결혼했단다. 당시에는 대부분이 그런 결혼이었고, 부모의 뜻에 반대하는 걸 생각해 본 적도 없지. 결혼과 동시에 시어머니와의 동거도 시작됐고 말이야. 봉건적인 남편과 까다로운 시어머니 그리고 엄청난 가난 속에서 6명의 아이들을 낳고 돌보는… 마치 하인과도 같은 결혼 생활이었단다.

청춘의 즐거움, 행복한 연애, 여유로운 결혼 생활, 생산적인 삶… 그런 것은 생각할 겨를도 없는 인생이었어. 참고, 참고, 참았지. 산다는 게… 마음에 두꺼운 얼음 갑옷을 휘감은 것 같은 그런 기분이었단다.

하지만 그런 시절에도 딱 하나, 두근두근했던 추억이 있단다. 지금 생각하면, 기억조차도 희미하지만… 아마 사랑이었는지도 모르겠구나. 연애 같은 것은 꿈도 꿀 수 없는 처지였으니 결국 마음 깊은 곳, 그 어느 구석에 처박혀 살게 된 아련한 기억 말이다.

4월이었어. 생일을 며칠 앞둔 날이라서 지금도 기억하고 있지. 내가 항상 다니던 그 길목에 숨어서 나를 바라보곤 하던 남자가 있었는데 그날, 그는 갑자기 나무 뒤에서 나타나 설강화 몇 송이와 둘둘 말아 묶은 편지 하나를 나에게 건넸단다. 너무 갑작스런 일이라, 물리칠 틈도 없이 받아 쥐었어. 그걸 나한테 주고는 냅다 뛰어가던 뒷모습이 기억나는구나. 집으로 가서 편지를 묶은 끈을 조심스럽게 풀고, 꽃은 살짝 어느 화분 뒤로 숨기고, 누가 볼까 몰래 몰래 읽은 그 편지에는 나에 대한 연정의 마음이 쓰여 있었어. 얼마나 가슴이 뛰었던지… 그래, 그 순간만큼은 세상에서 가장 행복한 여자가 된 기분이었지.

불행하게도 보낸 사람의 이름은 없었지만, 어디에 사는 누구인지 짐작은 할 수 있었단다. 내가 4월에 태어났고, 설강화를 좋아한다는 것을 아는 사람은 그다지 많지 않았거든. 아마 내 동생 주변에 있는 사람들 중 한 명이었을 거야.

허나 확실하지 않았고, 현실적으로 답장을 쓸 방법이라곤 전혀 없었지. 그저 편지를 받은 이후, 한동안 그 길을 지날 때마다 가슴이 뛰곤 했어.

그 사람을 다시 만날 수 있을지도 모른다고 기대하는 마음이 있었던 모양이다. 하지만 불행히도 그 사람을 다시 볼 수는 없었지. 고백하자면 나는, 그 사람을 가만히 떠올리는 것만으로도 얼음 갑옷 같은 인생의 무게가 조금이나마 녹아내리는 기분을 느끼곤 했단다."

"누군가를 좋아하게 된다는 건 멋진 일이야. 그 좋아하는 사람과 항상 함께 있을 수 있다면 더욱 멋진 일일 것 같구나."

그분의 어린아이 같은 미소가, 경험해 보지 못한 사랑을 동경하는 천진난만한 얼굴이, 내 기억 속에 아련하게 남아 있다.

5

사랑은 운명인가

composed by 슈베르트 Franz Schubert

title 네 손을 위한 환상곡 Fantasia in F minor, D. 940, for piano four-hands

슈베르트의 네 손을 위한 환상곡 바단조는 한 대의 피아노와 네 개의 손을 위한, 두 사람의 피아니스트를 위한 곡이다. 연주자들의 유기적 호흡을 요구하는 이 까다로운 곡은 마치 두 사람의 다른 피아니스트들이 그들의 정신세계를 공유하는 듯한 완벽한 앙상블을 요구한다.
실제로 슈베르트가 이런 연탄곡들을 통해서 원했던 것은 '드라마'가 아닌 가족적인 온화함, 그리고 우정이었다고 한다. 하지만 이 환상곡의 드라마틱한 전개와 주제의 발전 과정을 보면 연주하는 두 사람의 무한한 상상력과 초인간적인 소통을 요구한다는 느낌을 지울 수가 없다. 수도 없이 많이 연주한 곡임에도 불구하고, 연주할 때마다 새로운 해석과 감상을 이야기하고 싶어지는 곡이다.
나에게 이 곡은… 내가 어쩔 수 없는, 너로서도 어쩔 수 없는, 운명적 사랑을 떠올리게 한다.

하늘 전체를 뒤덮은 묽은 먹색 구름 틈에서 하얀 빛이 비춘다. 그 아래쪽으로는 마치 또 하나의 구름과도 같은 회색 바다. 검은 바위가 모래사장을 둘러싸고 있는 이 쓸쓸한 해변에는 색채가 없다. 단지 파도만이 일정한 리듬을 유지하며 부딪쳐 모래사장 가득 하얀 거품을 남길 뿐이다. 그 바다를 바라보고 있던, 아무런 표정도 없는 여자의 눈에는 진주알 같은 눈물방울이 맺힌다.
그렇게 이 환상은 시작된다.

/

여자는 말없이, 모래사장 건너편에 자리 잡고 있는 큰 바위를 향해 걷기 시작한다. 그때, 섬뜩한 무채색의 괴물 같은 큰 파도가 폭발하듯 바위로 달려와 흩어지면서 자신의 에너지를 과시한다. 바위 밑에는 한 남자가 서 있다. 여자와 남자는 마치 쇠붙이가 자석에 끌리듯, 튀어나온 바위 끝으로 향한다. 둘은 발끝으로 차오르는 물보라를 응시하면서 뭔지 모를 황홀감에 눈을 감는다. 달콤한 멜로디인지, 복잡한 불협화음인지조차 분간할 수 없는, 강렬한 음악이 이 둘을 감싼다.
이제 파도는 두 사람을 다른 세계로 끌어당긴다. 선명한 색채로 가득 찬 별세계. 그것이 추억인지, 꿈인지, 아니면 현실인지조차 분간할 수가 없다. 서로가 누구인지도 모르고, 만난 적도 없지만 마치 서로의 기억 속에 오래전부터 존재했던 것 같은 착각. 그렇게 여자와 남자는 하나가 된다.

당신과 나, 지금 어디에 있는 것일까.

/

두 사람이 일말의 불안을 느낀 순간, 선명하던 주위의 색채가 한순간에 거둬지고, 그림자와 같은 무채색의 괴물이 또다시 기분 나쁘고 불쾌한 미소를 짓는다. 여자와 남자는 뛰기 시작한다. 손을 꼭 잡고 필사적으로 도망친다. 그 둘을 덮치려는 무서운 파도는 세상 끝까지라도 그 둘을 쫓을 것 같지만, 그들은 두렵지 않다.

마침내 그 둘을 집어 삼킬 것 같던 파도도 온 데 간 데 없고, 하늘을 덮고 있던 어둑한 구름도 무거운 존재감을 잃어 간다. 바위 위에서 보았던 초자연적인, 지독히도 황홀한 세상이 다시 눈앞에 펼쳐지는 듯하고, 여자와 남자는 더욱 굳게 손을 잡는다.

둘은 새하얀 모래 위에 집을 짓는다. 알고 있던 모든 종류의 색과 화려하기 짝이 없는 장식으로 여자와 남자는 영원히 공유할 공간을 만들기 시작한다. 한 층, 또 한 층. 집은 높아져만 가고, 이제는 아쿠아마린처럼 영롱해진 바다가, 그 투명함 위에 반사되어 반짝이는 태양의 부스러기들이, 이 둘의 새로운 보금자리를 축복해 주는 듯하다.

섬뜩하기만 하던 무채색의 괴물은 사라졌다. 남자와 여자를 다가서게 하고, 환상으로 유혹하고, 집채 같은 파도로 두 사람을 협박하던 그 회색 괴물은 어디로 갔을까.

당신과 나, 지금 어디에 있는 것일까.

다시 바람이 불기 시작한다. 불길한 바람. 바람이 세어져 둘은 더 이상 지붕의 서까래를 얹을 수가 없다. 또 다시 어두운 그림자가 다가오는 걸까. 어둑해지는 하늘에 어렴풋이 그 무채색의 기분 나쁜 미소가 보이는 듯하다. 찬란한 잔재를 흩뿌리던 태양도 어두운 하늘의 압력에 밀려갔는가.

바람이 세어지고 바다가 다시 요동을 친다. 전에 보았던 파도와는 차원이 다른, 세상 전체를 집어 삼킬 듯한 해일이 밀려온다. 둘이 함께 짓던 모래 위 찬란한 색조의 새 집도, 영원하기만 할 것 같았던 햇살 가득한 둘만의 공간도, 꼭 붙잡고 놓을 줄을 몰랐던 여자와 남자의 손도, 이 시커먼 물길 앞에선 그저 맥을 놓고 떠내려가는 수밖에 없다. 두 사람은 깨닫는다. 이제 되돌릴 수도, 도망칠 수도 없다는 것을.

여자의 눈에는 진주알 같은 마지막 눈물방울이 맺힌다. 그리고 이내 닥친 큰 물결에 쓸려 달콤한 황홀과 깊은 꿈의 여운을 남긴 채 두 사람의 모습은 사라진다.

/

나의 의지가 아닌 것.
너의 바람도 아닌 것.
그저 무엇인가에 이끌리듯 그렇게
한 걸음, 다시 한 걸음
너를 향해 가게 되는 시간들.

운명적인 사랑이란 이런 것일까?
시작할 이유가 없다고 도리질했던 사랑이 현실이 되고,
밝기만 할 거라 생각했던 날들이 어두워지고,
영원하기만 할 것 같았던 느낌조차 기어이 종말을 맞는 것.
만남이란 진정 우연이다.
아니, 세상에 우연이란 없다는 말이 맞는다 하더라도
우리가 우연으로 정의하는 이 만남들은
그것을 갈구했던 주체가 존재하지 않는다.
그저 만나게 되는 것. 그럴 뿐.
그 만남이 사랑이라는 또 다른 종류의 만남으로 변할 뿐이다.

그것은 절대 마음먹은 대로 진행되지 않는다.
마치 불어대는 바람에만 항로를 맡긴 돛단배처럼,
원하는 곳을 향해 가는 듯하다가도
이내 그 방향을 틀어버린다.
사랑을 탄생시키기도 하고,
축복의 기운을 불어넣기도 하다가 느닷없이
훼방을 놓기도 하는,
그리하여 심지어는 사랑을 탄생시키기도 하고
축복의 기운을 불어 넣기도 하다가 갑자기
훼방을 놓기도 하는,
심지어는 비극적인 종말을 즐기기도 하는
이 섬뜩한 무채색의 괴물은 수천 년 전
로마시대의 클레오파트라와 안토니우스에게도,
지금 현재 홍대 거리에서 팔짱을 끼고 걷는
젊은 영혼들에게도,
똑같은 장난을 치고 있는 것일까?

6

마음을 열고, 놓치지 말자

composed by 리스트 Franz Liszt

title 라 캄파넬라 6 Grandes études de Paganini, S. 141, No. 3 "La Campanella"

멀리서 들리는 종소리.
겨울에 처음 들었지만 그 소리가 선율로 느껴지지 않았다.
지금 내가 아는 그 선율은 봄에 처음 알게 되었다.
순식간에 찾아온 사랑은 생각할 틈을 주지 않았다.
언제나 들리는 종소리려니 하던 울림 속에
그토록 아름다운 선율이 숨어 있다고는 생각도 못했다.
어느 순간 갑자기 누군가에게 헤어 나올 틈도 없이 빠져버렸다.
아니 헤어 나오고 싶지 않았다.
항상 멀리서 어렴풋이 들리던 소리가
내 귀를 취하게 하는 마법의 주문이 되었다.
더 이상 나와 관계없는 메아리가 아니었고,
전혀 가깝지 않던 사람과
세상에서 가장 친한 사이가 되어버렸고,
누구에게도 말하지 않은 아름다운 멜로디를 노래하게 되었다.

종소리를 들을 수 없는 날엔
혼자서 그 멜로디를 흥얼거리다가
그 사람 생각에 가만히 있다가
피식 웃기도.
그 종소리의 환청 속에서 멍해졌다가
해야 할 일 다 잊고 하루를 그냥 보낸다.

시간이 흐를수록 화려해지는 선율들은
알고 보면 같은 멜로디.
아무리 웅장해지고 난해해져도
북극의 오로라가 산산조각 나는 듯한 차가운 화려함도
전율보다 더 값진 작은 미소를 선물한다.

그 사람을 만날 때는
얼굴을 마주보게 되는 순간부터 웃고 있다.
그 종소리가 멎을 때까지 내 입가엔 미소가 가시지 않는다.
좋아하지 않는 음식도 맛있게 먹을 수 있는,
걷는 걸 싫어하는 날 끝없이 걷게 만드는,
잠꾸러기인 나를 항상 깨어 있게 하는,
마치 마법과도 같은 종소리가
세상에서 가장 아름다운 모티브가 되어
생각하지도 못했던 아름다운 선율이
내 안에 박혀 들어왔다.

나도 모르게 순식간에 빠져드는 것.
의미 없던 울림이 마음을 녹이는 선율이 되어버리는 것.
날 정신 못 차리게 하는 그 똑같은 멜로디에
나를 맡겨 버리는 것.

그렇게 찾아온 운명은 지금도
내 가슴속 불꽃으로 훨훨 타오르고 있다.

언제 멈출지 모르는 종소리지만
언젠가는 부서져 버릴지도 모를 울림이지만
이 황홀하고 가슴 벅찬 지금을
끝까지 만끽하고 싶다.

프란츠 리스트의 '라 캄파텔라'

정신없이 휘몰아쳐 오는 사랑의 느낌 말고 그 무엇으로 설명이 가능할까. 기교적으로 지극히 어려운 연습곡이지만 감성적으로 지극히 솔직한, 철학적으로 지극히 단순한, 사랑으로 말하자면 지극히 운명적인, 운명이라고밖에 변명할 수 없는, 걷잡을 수 없는 감정의 소용돌이를 이 짧은 곡 안에 담아내었다.

피아니스트를 괴롭히는 초인적 테크닉들에 너무 연연하면 이 곡의 멜로디가 들리지 않는다. 라 캄파넬라를 연주할 자격이 없는 피아니스트는 손가락이 무딘 사람이 아니고, 이 단순하지만 강렬한 멜로디를 위해서 복잡한 기교를 포기할 마음이 없는 피아니스트이다.

사랑도 마찬가지가 아닐까? 우리들 주변에서 외쳐대는 쓸 데 없는 잡소리들, 가슴을 여는 것을 방해하는 애매모호한 가식들, 이런 것들이 주는 마음의 장벽에서 초월할 수 있을 때 찾아온 사랑을 놓치지 않는다. 가장 순수하고 정열적이고 운명적인 사랑 말이다.

7

과장님

composed by 슈베르트 Franz Schubert
title 즉흥곡 1번 Impromptus Op. 90, No. 1

"언니, 요새 이상해."

"응? 뭐가?"

"진짜 이상해. 뭘 그리 골똘히 생각하고 있어? 좋아하는 남자라도 생겼어?"

"무슨 그런… 아니야. 너 할 일이나 해. 넌 왜 그렇게 만날 남 일 참견만 하려 할까?"

"뭘 그렇게 화를 내고 그래. 하여튼 언니 뭔가 달라 요새."

그때 동생의 갑작스런 질문에 많이 놀랐던 일이 기억난다. 이젠 괜찮다. 시간이 조금 흐르니 나도 평정심이 생긴 듯하다. 그렇다고 내 마음이 변한 건 아니다. 여전히 그가 좋고, 그와 함께 있을 수 있는 시간이 기다려진다.

"미스 김, 이거…."

"네. 부르셨어요, 과장님?"

"어. 선물. 들어봐. 내가 좋아하는 음악…."

그가 건네준 건 CD였다. 예쁘게 포장이 되어 있는 CD 한 장. 슈베르트의 즉흥곡 작품 번호 90. 클래식 음악의 문외한인 나에게 그가 선물이랍시고 준 그 음반에는 그렇게 적혀 있었다. 어리둥절했다. 그냥 감사하다고만 말하고, 가방에 대충 쑤셔 넣고 하던 일을 마저 했다. 그러고는 잊어버렸다.

/

"지난주에 준 음반 있잖아. 그거 들어봤어?"

아차! 그 슈베르튼지 뭔지… 집에 가서 책상 위에 던져놓고 까맣게 잊어버렸던 그 음반!

"아… 네. 그거… 좋아요."

"미스 김 일은 잘 하는데… 가끔은 쉬어 가면서 천천히 하는 것도 좋을 것 같아서 말이야. 요새 너무 피곤해 보여서 좀 안쓰러워. 난 슈베르트를 들으면 마음이 편해지던데. 음악 들으면서 쉬고 나면 일도 더 잘 될 거야. 난 특히 3번이 좋더라고. 수고~!"

그는 아주 과묵한 사람이었다. 말은 많이 없었지만 카리스마와 리더십은 있는 상사였다. 역정을 내는 적도 별로 없지만, 특별히 친절하다고 느낀 적도 없었다. 그런 그가 나한테 선물을 줄 거라고는 생각한 적도 없었기에, 게다가 일에 지친 나를 위해 그 음반을 준비했다는 게 너무 신기했다.

"미스 김 오늘 일 많아?"

퇴근했다고 생각했던 그가 다시 사무실로 돌아와서 물었다.

"지갑을 놓고 갔었어. 참! 이거 내가 아까 먹으려다 안 먹은 건데… 이 샌드위치 먹고 일해. 배고프겠네. 수고~!"

그 샌드위치는… 그가 먹으려던 것이 아니었다. 막 덥힌 듯, 따뜻한 온기가 느껴지는 샌드위치 봉투. 구김 하나 없는 그 봉투에 들어 있는 샌드위치는 저녁도 못 먹고 일하는 나를 위해 일부러 사 온 것이었다. 난 잠시 아무것도 안 하고, 멍하니 앉아 있었다. 그의 거짓말이 귀엽게 느껴져서 혼자 피식 웃었다. 그리고 그가 준 슈베르트를 듣기 시작했다.

처음에는 그가 좋아한다던 즉흥곡 3번을 여러 번 반복해 들었다. 나쁘지 않았다. 하지만 내가 정말 좋아하게 된 건 1번이다. 그 곡을 들을 땐 뭔지 모를 설렘이 있다. 즉흥곡 1번은 처음에 들었을 때는 가장 알기 힘든 곡이었다. 화려한 2번, 명상적이고 깊은 맛이 있는 3번, 그리고 애처로운 4번과 달리 1번에 대한 인상은… '뭔가 헛갈린다'였다. 같은 듯 다른 멜로디가 몇 번이고 나왔다 들어갔다… 끝나는 듯하다가 다시 시작했다가… 도통 종잡을 수가 없는 곡이었다.

하지만 그날, 그가 나를 위해 따뜻한 샌드위치를 가져다주었던 그날, 그 첫 번째 즉흥곡이 내 귀에 들리기 시작했다.

이해가 안 가던 음악이 들리기 시작한 것과 동시에 그의 존재에 대해서 다르게 인식하기 시작했다. 아니, 그 반대라고 하는 것이 맞을 거다. 존경하는 상사이기만 했던 그를 다른 느낌으로 보게 된 것인데, 그 느낌과 슈베르트의 즉흥곡 1번은 묘하게 맞아떨어졌다. 단호하지만 조용하고, 열정이 있지만 서두르지 않는 모습. 무뚝뚝하지만 나를 생각해 주는 따뜻한 마음. 내가 아는 그의 모습과 너무나 비슷했다. 그래서 그 음악이 들리기 시작한 거다.

확신하지는 못했다. 하지만 내가 그를 좋아한다는 생각이 들기 시작했다. 언제부터인가 그가 외근을 하거나 출장을 가면 불안해하는 나를 발견하곤 했다. 우리 사이에는 아무 일도 일어나지 않았지만, 나는 언제부터인가 사랑에 빠진 게 틀림없다는 느낌이었다. 그가 나를 어떻게 생각하고 있는지는 확인할 방법이 없었지만, 난 별 이유 없이 믿기 시작했다. 그도 날 좋아하고 나도 그를 좋아한다.

/

어떤 음악에 갑자기 빠지게 된 느낌은 어떤 한 사람을 예상 못한 시점에서 좋아하기 시작하는 기분과 비슷했다. 그의 매력을 알게 되었고, 뭐가 뭔지 두리뭉실하던 음악의 멜로디가 선명하게 들리기 시작했다. 그런데… 그의 책상 위에 있는 그 사진… 그의 아내, 아이들과 함께 찍은 가족사진 역시… 내 눈에 들어오기 시작했다.

"언니, 또 그 음악 듣는 거야? 클래식의 '클' 자도 모르던 사람이…."

"이제 안 그래. 클래식 들을 거라고. 특히 이 곡. 슈베르트의 즉흥곡. 왠지 마음이 설레어."

"뭐? 설렌다고? 즉흥곡이라… 언니 진짜 뭔가 이상해. 이제부터 인생을 즉흥적으로 살 작정인가?"

"말 시키지 말고 가서 할 일 해!"

인생을 즉흥적으로 살고 싶진 않다. 하지만 사랑은 정말 모르겠다. 이 슈베르트의 즉흥곡은 나를 헛갈리게 만든다.

composed by 멘델스존 Felix Mendelssohn
title 엄격 변주곡 Variations sérieuses, Op.54

8 라일락 잎

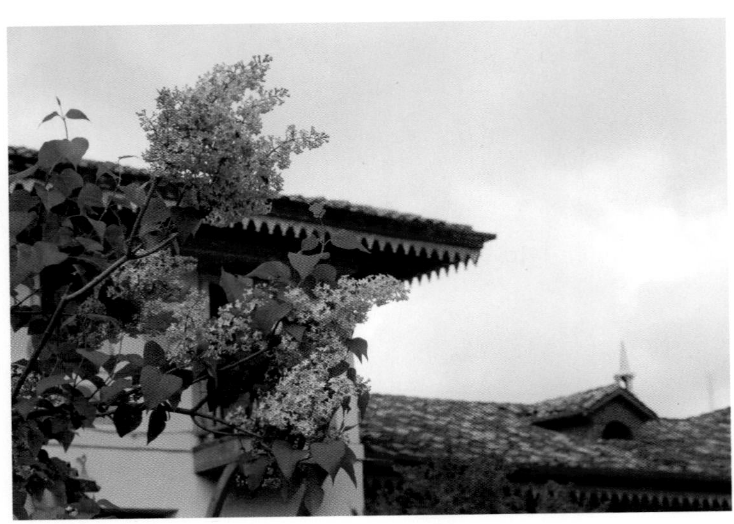

라일락 잎을 깨물어 본 적이 있는가?

그 쓰디쓴 맛을 아는가?

/

그 아이는 나를 무척 따랐다. 세 살 아래 후배였지만 또래의 다른 남자 아이들과는 달리 무척 성숙했다. 아는 것도 많았고 유머 감각도 탁월했고 무엇보다… 나를 무척 좋아했다. 이것저것 재미난 일이 많은 대학 시절, 나는 꽤 많은 시간을 그 아이와 함께 보냈다. 음악회를 같이 가기도 하고 영화를 보기도 했고 맛난 것들을 먹으러 찾아다니기도 했다. 그리고 그 모든 것들에 대하여 그 아이와 나눈 대화들은 참으로 유익하고 흥미로운 시간들이었다. 처음에는 그저 듬직한 후배로만 생각했지만, 시간이 흐를수록 그 아이에게 끌리는 내 마음을 부정할 수가 없었다.

그 아이는 매일매일, 같은 듯 다른 사람이었다. 순수하고 솔직한 천성을 가졌으나 지루하지 않았고, 닫혀 있지도 않았다. 만날 때마다 다른 사람 같았지만, 알고 보면 같은 사람이었다. '오늘은 또 어떤 모습으로 내 앞에 나타날까?'라고 생각하는 것이 즐거웠다.

마치 엄격한 원칙 위에 쌓아 올린 변화무쌍한 변주곡 같은 아이였다. 어떤 날은 감성적이고, 어떤 날은 열정적이었다. 하루는 개그맨처럼 웃겼고, 또 다른 날은 철학자처럼 심각했다. 하지만 그 아이는 언제나 순수하고 솔직했다. 유리창처럼 투명한 그의 마음을 보는 것이 행복하기까지 했다.

나에게는 오래 사귀어 온 두 살 위의 남자 친구가 있었다. 결혼을 약속한 사이였고, 양쪽의 집안도 가깝게 지내는 상황이었다. 누가 봐도 어울리는 커플이었고, 많은 친구들이 우리를 부러워했다. 나도 내 남자 친구가 좋았지만, 별 탈 없이 잘 지내왔지만, 그 아이를 알고 난 다음부터는 그의 단점들이 보이기 시작했다.

전에는 그렇게 생각한 적이 없었는데 왠지 고지식하고, 고리타분하고, 융통성 없는 사람처럼 보였다. 그렇다고 그가 싫어진 건 아니었지만, 될 수만 있다면 남자 친구보다는 그 아이와 함께 있으려고 했다. 남자 친구와 함께하는 시간은 점점 즐거움과는 거리가 먼 시간이 되어 갔다.

/

그 아이가 나에게 고백했다. 나에게 결혼을 약속한 사람이 있는 것을 너무나 잘 알고 있었지만, 그래도 나를 사랑한다고 똑 부러지게 말하는 그 아이의 모습이 너무나 순수해 보였다. 그 순수함이 너무 아름다웠다.

나는 놀라지는 않았지만 약간 당황했다. 생각보다 일찍 고백했다. '내가 마음의 준비가 되어 있지 않은데 지금 이렇게 해버리면 어떡해?'라고 원망하고 싶었지만 그런 말을 입 밖으로 내뱉을 수가 없었다. 엄격하기 짝이 없는 양가 부모님과 나를 철석같이 믿고 있는 남자 친구를 배신할 용기가 없었다.
화려한 변주곡과도 같은 매력적인 그 아이 앞에서 나는, 그저 똑같은 멜로디만 앵무새처럼 반복하는 단순하고 꽉 막힌 여자일 뿐이었다. 그 아이의 사랑 고백 앞에서 난 어떤 위로의 말도, 긍정도 부정도, 아무것도 할 수 없었다.

/

나도 내 남편도 그때나 지금이나 별반 차이가 없다. 아이 둘 낳고 평화롭게 잘 살고 있지만, 특별히 즐거운 일도 없다. 가끔 라일락꽃이 만발한 봄날에는 어김없이 그 아이 생각이 난다. 내가 약혼식을 올리기 하루 전, 라일락 꽃 내음 강렬했던 그날 그 아이는 나를 찾아왔었다. 그리고 눈물을 훔치며 쪽지 하나를 건네고는 뒤돌아서 가버렸다. 그게 마지막 모습이었고 다시는 내 앞에 나타나지 않았다.

"누나, 라일락 잎을 한번 깨물어 보세요.
사랑의 맛이란… 그런 거더라구요."

나를 향한 그 아이의 화려했던 변주곡은

쓰디쓴 단조로 끝을 맺었다.

9
비밀의 가치

composed by 쇼팽 Frédéric Chopin
title 즉흥 환상곡 Fantasie-Impromptu, Op. posth. 66

누구에게나 혼자만 간직하고픈 비밀들이 있다. 알려지면 문제가 생기는 심각한 일들도 있겠으나 때로는 하찮은 것이지만 괜히 떠벌려 이야기하고 싶지 않은 것들도 있다.
어린 시절의 비밀들이란 어처구니없을 정도로 '전혀 중요하지 않은 것'이 많다. 특히 여자 아이들은 무언가 자신만의 비밀을 간직한다는 것 자체에 매력을 느끼는 것 같기도 하다. 자기가 좋아하는 것들, 싫어하는 것들, 단짝 친구와 나누었던 알고 보면 쓸 데 없는 이야기들까지… 온통 비밀투성이다.
사춘기로 접어들면 이런 비밀들은 점입가경이 되고 만다. 당연히 좋아하는 이성 친구의 이야기가 숱한 비밀들 중에서 가장 인기 있는 소재가 되게 마련이다. 아는 사람은 다 아는, 하지만 등장인물들만 비밀이라고 굳게 믿고 있는, 우스운 상황들이 벌어지곤 한다.

"이건 비밀인데…"라고 말하는 순간, 그 이야기는 더 이상 비밀이 아니게 된다.

바꾸어 생각하면 그렇게까지 비밀로 할 만큼, 중요한 일이 못 된다는 거다. 여기에서 말하는 중요하고, 안 하고의 판단은 그 이야기가 사회적 파장을 크게 불러일으키느냐, 아니냐, 하는 것이 아니고 그 비밀이 갖고 있는 비밀로서의 가치가 큰지, 그렇지 않은지에 달려 있다.

아무도 모르고 나만 아는, 혹은 아주 소수의 사람들만 그 가치를 지켜내는 비밀들은 충분히 아름답다. 그 누구에게도 절대로 보여주지 않고 혼자서만 가끔씩 꺼내 보는 일기장 같은 거랄까. 그 내용이 무엇이든 나만 알고, 나만 아끼고, 나만이 그 존재 가치를 만끽할 수 있다는 사실이 아름답다는 거다.

/

만약 남몰래 혼자 좋아하고 흠모했던 사람이 있다면, 그 사람에게는 물론 주위의 그 누구에게도 그 느낌을 말한 적이 없다면, 그 기억이란… 그저 혼자 간직하는 편이 더 아름다울 수 있는 것이다.

쇼팽의 공식적인 생일은 1810년 2월 22일이다. 하지만 여러 가지 개인적인 기록들로 미루어 볼 때, 그의 진짜 출생일은 3월 1일로 추정된다. 그런데 왜인지 쇼팽은 그 사실을 감추고 살았다. 이유는 아무도 모르지만 말하고 싶지 않은 무언가가 있었음에 틀림없다.

쇼팽 말년의 가장 든든한 후원자이자 친구이고, 제자이기도 했던 스코틀랜드의 '제인 스털링'은 쇼팽이 그녀에게만 진짜 생일과 그것을 감추어 온 이유를 말해 주었다고 했다. 하지만 그녀는 단 한 번도 쇼팽의 생일에 대해 외부에 이야기한 적이 없다. 그리고 쇼팽의 장례식 때 - 그의 장례식 비용도 전액 그녀의 부담으로 치러졌다 - 그의 진짜 생일을 적은 쪽지를 불태워서 함께 묻었다고 한다.

한때는 쇼팽과 제인 스털링이 약혼자 관계라는 소문이 퍼지기도 했으나 그들이 정말 연인 사이였는지는 아무도 모른다. 쇼팽은 그렇게 떠도는 이야기를 듣고도 대수롭지 않게 넘겼다 하니 아닐 수도 있겠으나 어쩌면 그 둘의 사이를 영원히 비밀로 간직하려 했을지도 모를 일이다.

제인 스털링은 쇼팽의 많은 유품을 거두어 갔다. 그중에는 쇼팽과 상드가 연인 사이였던 시절의 편지들도 있었는데 훗날, 그것들은 전부 상드에게 돌려주었다고 한다. 상드는 돌려받은 편지들을 모두 태워 버렸다. 쇼팽과의 관계에 대한 후회인지, 아니면 무언가 세상에 알려지게 하고 싶지 않은 내용이 있었는지, 그것도 아니면 그저 아픈 기억을 지워버리고 싶었는지는 아무도 모른다. 하여 쇼팽을 향한 젊은 그녀의 마음을 읽을 수 있는 편지들은 세상에 존재하지 않게 되었다. 오직 상드만이 세상을 떠나는 그날까지, 자신의 기억 속에 간직하고 있었을 거다.

쇼팽의 즉흥환상곡은 '폰타나'라는 동료 피아니스트에게 헌정되었다. 그러나 이 곡이 출판되지 않게 해달라는 부탁과 함께였다. 폰타나는 쇼팽과의 약속을 어기고, 쇼팽 사후에 이 곡을 출판하였다. 쇼팽이 간직하고 싶었던 비밀과도 같은 이 곡이 지금은 가장 유명하고 사랑받는 피아노곡 중 하나가 된 이면에는 이토록 매우 아이러니한 사연이 담겨 있다.

즉흥환상곡이 출판되면서 하나의 비밀로서의 가치를 잃어버리고 만 셈이다. 무덤 속의 쇼팽은 필히 그 친구가 원망스러웠을 거다. 이 아름다운 음악이 널리 알려지면서 이 세상이 더 아름다워졌다는 건 좋은 일이지만, 만약 그대로 묻혀 있었더라면, 그랬다면 더 값진 비밀 하나가 세상에 남았을 거다.

/

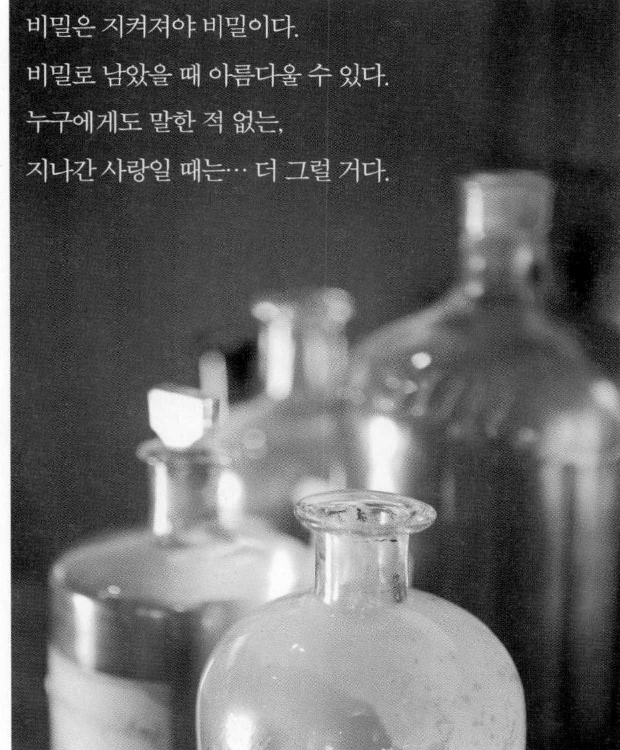
비밀은 지켜져야 비밀이다.
비밀로 남았을 때 아름다울 수 있다.
누구에게도 말한 적 없는,
지나간 사랑일 때는… 더 그럴 거다.

fait et passé dans notre étude au vingt cinq janvier mil huit cent quarante en présence des sieurs Jean Duratte propriétaire domicilié à Castelnau, et Pascal Drouillé domicilié à Maubourguet, après lecture dite Marie Dauréilla requise de signer a déclaré ne savoir, dont a signé avec les témoins et notaire.

huit

Drouillé

Dumas

Lasserre nre

5.80
.58
6.38

Enregistré à Castelnau R. B. le premier 1842 fol 37 v° c 4. Reçu cinq francs quatre-vingt centimes en principal, dixième cinquante-huit centimes.

G. Thermans

10

비앙카

composed by 바흐 Johann Sebastian Bach

title 골드베르그 변주곡 The Goldberg Variations, BWV 988

'비앙카 카펠로.'

'시오노 나나미'의 소설을 읽었거나 이탈리아 역사에 관심이 많은 사람이면 기억할만한 이름이다. 베네치아 귀족의 딸로 태어나 피렌체의 평민 청년과 야반도주하면서 시부모의 집에 숨어 살다시피 하다가 우연히 피렌체 메디치 가문의 후계자인 프란체스코 왕자의 눈에 띄어 결국 왕비가 된다는 그 이야기를.

/

피렌체 산마르코 광장 1번지. 그녀가 숨어 지내던 곳이다. 외부 출입은 거의 못하고, 매일 창밖을 바라보며 한숨 섞인 나날을 보내던 곳. 내가 살던 피렌체의 아파트에서 도보로 채 1분도 안 걸리는 곳이다.

슈퍼마켓에 갈 때, 아이스크림을 물고 걸을 때, 딸아이와 함께 기르던 강아지를 데리고 산책할 때도 나는 항상 그곳의 창문을 올려다보며 비앙카 카펠로의 이야기를 떠올리곤 했다. 아무도 없는 방 안에서, 미래에 대한 아무런 기약도 없이 지냈을 날들. 하지만 결국 프란체스코 왕자와 눈이 마주치고야 말았던 그 창가를. 무려 400여 년 전의 일이지만, 그녀의 고독과 쓸쓸함이 아직도 배어 있는 듯하여.

왠지는 모르지만 산마르코 광장을 지날 때마다, 비앙카 카펠로를 떠올릴 때마다, 나는 바흐의 골드베르크 변주곡을 흥얼거리곤 했다. 바흐의 제자였던 '골드베르그'의 이름을 딴 이 변주곡은 작센 지방의 영주였던 '카이저링 공작'의 잠 못

이루는 밤을 위해 작곡되었다고 한다. 물론 사실의 진위 여부는 가려지지 않았지만, 공작은 자신의 하프시코드 연주자였던 골드베르그에게 자신의 불면증을 치유할 수 있는 곡을 작곡해 줄 것을 주문하였고, 도저히 곡을 쓸 자신이 없었던 제자를 위해 바흐가 친히 이 변주곡들을 작곡하여 주었다고 하는데….

오랫동안 잊혔던 이 명곡은 20세기 들어 재조명을 받기 시작했다. 원곡은 피아노곡이 아니고 – 바흐 시대에는 피아노라는 악기가 존재하지 않았다 – 피아노의 전신이라 할 수 있는 하프시코드를 위한 곡이었다.

음색과 느낌에서 많은 차이가 있는 이 악기는 연주 방법도, 곡의 해석에도, 피아노로 연주할 때와는 다른 좀 더 전통적인 접근이 요구된다. 피아노로 연주된 대표적인 작품은 '글렌굴드'의 것이 있는데 바로크 음악의 본질적 스타일, 일반적인 바흐의 해석과는 거리가 있지만 연주자의 개성이 듬뿍 담겨 있는 기념비 적인 명반이라고 할 수 있다. 영화 음악으로도 많이 사용되었는데, 그중 나의 기억에 가장 깊이 남아 있는 작품은 '앤서니 홉킨스' 주연의 〈양들의 침묵〉이다. 유유자적 흐르던 이 골드베르그 변주곡의 아리아를 배경 삼아 주인공 헥터가 경관을 살해하는 장면이다.

/

바흐가 무엇을 의도하고 이런 곡을 썼는지, 카이저링 공작이 어떤 상상을 하며 이 곡을 들었는지, 골드베르그가 연습하면서 생각한 것들은 무엇인지 정확히는 알 수 없다. 이 곡의 가장 잘 알려진 음반을 녹음한 글렌굴드가 과연 구체적으로 어떤 것들을 떠올리면서 연주를 했는지, 이 곡을 영화의 배경 음악으로 선택한 사람들이 어떤 효과를 바라면서 이 아름다운 변주곡들을 사용했는지 같은 속뜻도 알 수가 없다.
다만 나는 '만일 비앙카 카펠로가 잠 못 이루던 밤에 이 변주곡들을 들을 수 있었다면 어땠을까?' 하는 생각을 은연중에 품고 있었음이 틀림없다. 움직임이 절제된 듯하지만, 우아하고 유려하며 애절하기까지 한 주제. 건반의 아래위를 달리며 상상력을 자극하는 변화무쌍한 변주들.
이 곡이 첫 출판된 것이 1741년이니 시대적으로 보면 말도 안 되는 생각이겠지만, 만약 그때 이 곡을 들을 수 있었다면, 그 어떤 돌파구도 없었던 암흑 같은 날들을 보내던 그녀에게 큰 위로가 되지 않았을까, 하는 상념에 젖어 본다.

11

안녕은 이별을 뜻해야만 한다

composed by 글링카 Mikhail Glinka
title 야상곡 "별거" Nocturne in F Minor "La Séparation"

이탈리아어 '챠오Ciao'는 가벼운 작별 인사에 사용된다. 친한 친구 사이에서 다음 만남이 멀지 않다는 가정 하에 사용하는 말이다. 한국어의 '안녕!'과 거의 비슷한 단어라고 보면 되겠다. '아리베데르치Arrivederci'는 그보다 좀 더 형식적인 인사이다. 굳이 분석을 하자면 '언젠가 또 만나 봅시다' 하는 말이라 하겠다. '아디오Addio' 역시 작별 인사이지만, 이것은 정말 앞으로 볼 일이 없는 사람에게나 하는 진짜 작별을 두고 나누는 인사이다.

이탈리아어가 많이 서툴던 10여 년 전. 가까운 친구에게 '아디오'라고 말했을 때, 그 친구의 깜짝 놀라던 표정이 잊히지 않는다. "너, 다시는 나를 안 볼 거냐?"라고 되묻는 친구의 말을 듣고 나서야 '아차! 내가 실수한 거구나!' 생각했었다.

'안녕'이라는 말.

우리는 어떤 느낌으로 이 말을 쓰고 있을까. 안녕이라는 단어 자체가 주는 언어적인 관점보다는 그 말을 어떤 감정으로 내뱉는지, 안녕이라고 한 이후의 느낌이 어떤 것인지를 한 번쯤 생각해 보고 싶다.

어느 상황에서든 '안녕'은 이별을 뜻한다. 사소한 이별이던, 영원한 이별이던, 어찌 되었던 간에 안녕이라고 말한 후에는 이제까지 같이 있던 그 사람과 각기 다른 장소에 존재해야 함을 뜻한다. 인터넷이 없고, 전화마저 없던 그 옛날에는 안녕이라는 말이 주는 의미가 각별했다. 지금은 그저 아무런 느낌 없이 안녕, 하고 말한 뒤에 돌아서자마자 다시 문자를 주고받거나, 전화를 걸기도 하지만 말이다.

불과 몇 십 년 전만 해도 안녕이라 말하고 등을 돌린 이후에는 다시 만날 때까지 그 사람이 살았는지 죽었는지조차 알 길이 없었다. 그때의 안녕이란 '진짜 안녕'이었겠다. 다음 만남까지 정말로 안녕히 잘 있기를 기원하는 마음이 담겨 있었을 거다.

19세기, 러시아 작곡가 '미하일 글링카'는 러시아 클래식 음악의 선구자라고 할 수 있다. 작곡가로서 국제적으로 인정받은 최초의 러시아인이었고, 그의 작품 세계는 후대의 러시아 거장들에게 지대한 영향을 미쳤다.

글링카의 녹턴 "La Séparation"은 멀리 상트페테르부르크로 떠난 여동생을 위해 작곡되었다. 연락이 닿을 방법이라고는 손으로 쓴 편지밖에 없었던 시절. 기약 없는 이별에 대한 애틋함을 하나의 아름다운 야상곡으로 표현하였다. 문자, 이 메일, 심지어는 화상 채팅도 언제든지 가능한 21세기에는 꿈에도 떠올리기 힘든 먹먹한 감정이 아니었을까?

/

가끔은 그토록 낭만적인 먹먹함을 경험해 보는 것도 좋지 않을까. 연인과 다음에 만날 약속을 하고, 멋들어지게 감정을 담아 '안녕'이라고 말해 주고 - 등을 돌리기 전에 잠깐 말없이 서로 바라보는 것도 좋겠다 - 다시 만나는 시간까지 문자나 전화 같은 모든 종류의 연락을 끊어 보는 건 어떨까? 그것이 단지 하루뿐인 이별이라고 해도 다시 만날 때의 기쁨은 혹 두 배가 되지 않겠는가?

그리고
다시 만나기 전까지의
그 짧지만 애틋한 이별을
즐길 수도 있다면…
그렇다면

금상첨화겠다.

12 아무것도 아닌 것, 생각하기 나름

composed by

풀랑크 Francis Poulenc

title

야상곡 7번

8 Nocturnes, FP 56, VII. Assez allant

연락을 하며 지내고 싶다고 느껴진 사람이 있었다. 아니, 정말 친해지고 싶었다. 내가 인지하고 있었던 것이라곤 그녀의 단아한 외모와 고운 목소리뿐이다. 아무것도 몰랐지만 왠지 내 가슴속에서 '이 사람과 가까워져야만 하겠다'는 소리가 들리는 듯했다. 가방 속에서 메모장을 꺼내고, 거기에 내 이름과 전화번호를 적는다.

'당신과 친해지고 싶습니다. 만약 괜찮다면 전화하십시오. 저는 이런, 이런, 사람입니다.'

그렇게 적은 종이쪽지를 건넸다. '전화 주실 때까지 기다리고 있겠습니다'라고도 쓸 걸 그랬나? 하는 생각이 들기도 했지만, 이미 쪽지를 주고 난 다음이었다.

그날부터 일주일쯤은 전화기를 바라보며 안절부절 기다리기만 했다. 전화는 걸려 오지 않았다. 그 여자뿐만 아니라 가까운 친구나 지인들의 전화조차 없었다. 전화기가 고장 난 게 아닌지 의심도 해 보고, 아무도 날 찾지 않는다는 쓸데없는 자괴감까지 들어 참으로 우울한 며칠을 보냈다. 내 기분을 바꿔 준 건 밝은 햇살과도 같은 선율의 바로 이 '녹턴'이다. 녹턴이라 하면 '밤의 노래'이지만 어느 날 아침에 들은, 살랑거리는 봄바람과도 같은 이 소품은 우울한 내 마음을 밝게 해 주었다.

폴랭은 음악 역사상 최초로
커밍아웃을 한 동성연애자다.
그의 섬세하고 감각적인 화성과 선율들은
인생의 어두운 면, 예술가의 고뇌 같은
것들을 그저 아무렇지도 않다는 듯이
'다 그런 거야'라고
말하듯 대담하게 풀어낸다.

/

아무것도 아닌 일로 우울해질 때가 있다. 낯선 남자가 건네준 쪽지 한 장에 대뜸 전화를 걸어 줄 사람이 몇이나 되겠냐고 생각하면서도 일주일을 기다렸던 것, 공교롭게도 그 일주일 동안 우연히 다른 사람들의 연락조차 없었던 것, 너무나 당연한 일과 언제나 있을 수 있는 일이 우연히 겹친 것뿐인데 그걸 너무 심각하게 받아들였다. 그리곤 우울했다.
반전이라면 반전일까. 밤의 노래인 녹턴을 듣고 마음이 밝아졌다. 아침 햇살 같은, 아니면 봄바람 같은 선율… 무엇이든 좋다. 듣는 사람 마음이다. 아무것도 아닌 것으로 속 태우던 마음을 아무것도 아닌 것으로 날려버렸다. 다만 지금 생각하면 그때의 기다림을 즐기지 못하고, 애를 태우기만 했던 것이 아주 조금쯤 아쉬울 뿐이다.

풀랭의 녹턴은 아침에 들어서 더 좋았다. 세상 많은 것들은 그저 생각하기 나름이다.

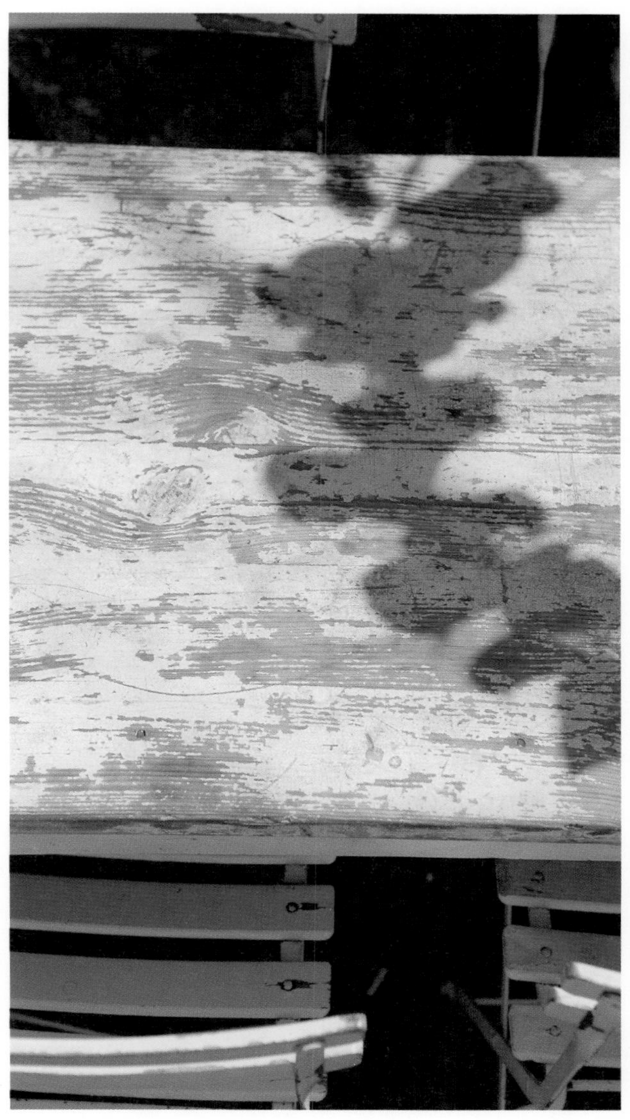

13

별

composed by 사티 Erik Satie

title 짐노페디 1번 Gymnopédie No. 1

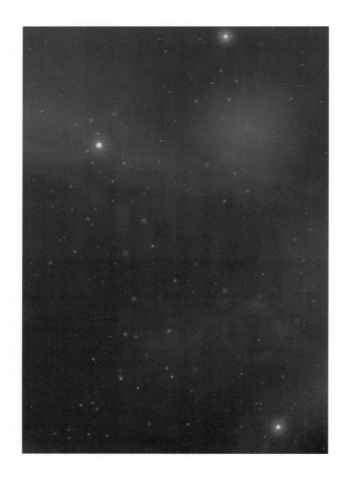

차가운 바람이 겨울이 가까웠음을 알린다. 어느새 밤하늘에는 별들이 빛나기 시작했다. 그 별을 바라보면서 저녁 찬거리를 대충 쑤셔 넣은 비닐 봉투를 흔들며 귀가하는 나의 발걸음은 가볍지도 무겁지도 않다.

금요일 밤, 집에서 나를 기다리는 것은 그 사람. 벌써 10년이나 함께 사는 그 사람이다. 딱히 매력적이지는 않다. 하지만 특히 문제랄 것도 없는 사람. 어디를 봐도 매우 평범하기 때문에 지금 와서는 무엇에 매료되었었는지 기억조차 나지 않는다. 싫지는 않다는 것인데… 단지 가끔은, 아직도 함께 있다는 사실만으로도 마치 늪 속에 빠져드는 것 같은 아니, 도망치고 싶은 충동에 사로잡힐 때도 있다.

/

"별일 없었어?"

"뭐, 매일 똑같지… 당신은?"

"나도 뭐…."

귀가했을 때의 대화는 늘 이런 식이다. 사실은 별일이 조금 있었다. 직장 동료와의 심한 말다툼. 네가 그만두느니, 내가 그만두느니 무척 시끄러웠지만 결국 화해하고 별일 없이 끝

났다. 그러니 별일이 없었다고 해도 틀린 말은 아니겠다.
예전 같으면 뭘 가지고 싸웠는지, 왜 화가 났는지, 그 동료가 얼마나 나쁜지, 같은 것을 시시콜콜 다 끄집어내며 수다에 열을 올렸을 나지만, 언제부터인가 집에만 오면 모든 게 귀찮아졌다. 별일이 있었던 아니던 간에 집에 오면 그냥 무덤덤해져서 지친 몸을 바닥에 누인 채 삐딱한 자세로 스마트폰 화면만 게슴츠레한 눈으로 바라보곤 하는 것이다.

/

어디선가 '에릭 사티'의 〈짐노페디〉가 들려온다. 별 감흥 없이 반복되는 단순한 왼손 반주 위에 멜로디라 할 것도 없는, 별 볼 일없는 오른손의 선율.
'드라마 배경 음악인가? 예쁘기는 한데 계속 똑같아. 어디가 시작이고, 어디가 끝인지.'
"겨울이고 말이야. 우리 내일 어딘가 따뜻한 곳으로 놀러 가지 않을래?"
잠시의 생각에 빠져 있을 때, 갑자기 들려온 그의 한마디. 그 뜬금없는 한마디 덕분에 남쪽 섬으로의 주말여행이 정해졌다. 내일 우리는 겨울의 차가운 공기에서 벗어나 필리핀의 섬으로 간다. 언제 샀는지 기억도 안 나는 오래된 선탠오일이 이미 가방 안에 던져져 있다. 갑자기 어울리지 않는 설렘으로 상상의 나래를 편다.

'내일부터 우리는 수영복을 입고 하얀 모래사장에서 선탠오일을 바르고….'

'내일부터 우리는 이 잔뜩 찌푸린 늪에서 벗어나 서로의 한마디 한 마디에 미소 짓는, 환하기만 했던 10년 전 이야기로 꽃을 피우고….'

'내일부터 우리는 이 지루함에서 벗어나 남쪽 바다의 별을 같이 바라보며 다시 신혼 때와 같은 깨알 같은 나날들을….'

"에이! 그럴 리가 있나?"

갑자기 이런 소리가 하늘에서 들려오는 듯했다. 정신을 차리고 고개를 들어 멍하게 밤하늘을 쳐다보는데 그 사람이 멀리서 또 한마디 툭, 던진다.

"에릭 사티는 왠지 좀 별난 사람이었을 것 같아."

차가운 바람이 부는 밤에도 별빛은 그저 예쁘다.

짐노페디, 그 별 볼일 없는 멜로디처럼.

14

사랑은 소나타가 아니다

composed by 스크리아빈 Alexander Scriabin

title 환상곡 Fantasie in B minor, Op. 28

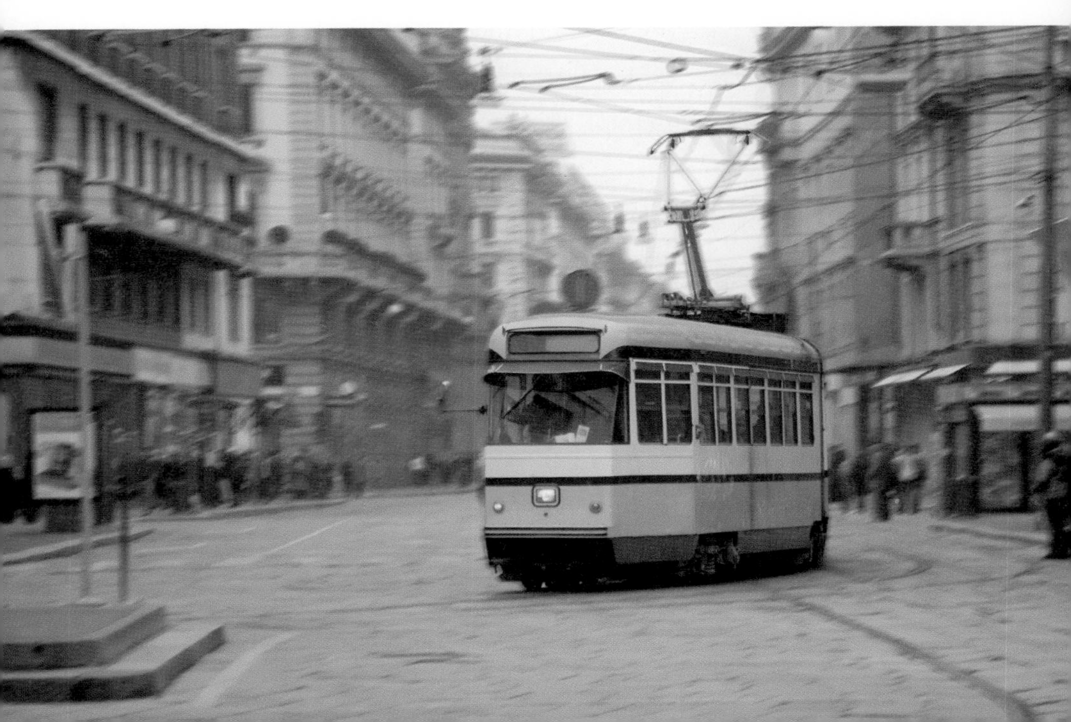

밀라노의 10월은 상상했던 것보다 훨씬 추웠다. 아직 가을 기온에 몸이 익숙해져 있던 탓일까. 여느 때보다 일찍 찾아온 초겨울의 공기가 뼈 속을 파고드는 듯 느껴졌다. 뿌연 안개 속의 두오모 광장은 그 차가움을 피부로 느끼지 않아도, 그저 눈으로 바라보는 것만으로도 알 수 있을 만큼 싸늘한 풍경이었고, 광장을 가로지르는 사람들은 서로의 얄팍한 옷깃에 기대어 일말의 따뜻함을 바라고 있었다.

딱 열흘 밖에 없었다. 어렵게, 어렵게 시간을 맞춘 두 번째 만남은 '열흘 동안의 여행'으로 정해졌다. 그 열흘 이후의 시간에 대한 아무런 약속이나 보장 같은 것도 없었다.

주어진 열흘, 240시간 동안 두 사람이 떨어져 있던 시간은 지극히 짧았다. 누가 정해 준 열흘이 아니었다. 그들 스스로가 그렇게 정했다. 그리고 암묵적인 동의하에 그 이후의 시간에 대한 대화는 하지 않았다.

서로의 마음을 확인할 필요는 없었다. 다른 무엇보다 서로를 원했고, 서로에 대해 더 알고 싶었다. 아니, 가장 알고 싶었던 것은 상대방을 받아들이는 자기 자신의 모습이었다. 예상하지 못한 만남을 통해 예상하지 않았던 사랑에 빠졌고, 새롭게 불타오른 뜨거운 사랑을 기꺼이 받아들였다. 다만, 그 사랑을 어떻게 지속해 나갈 것인지, 그 불꽃을 꺼버리지 않고 계속 일으켜야 할지 결론을 내리고 싶었다. 열정의 가슴과 냉철한 머리가 같이 움직였다.

그들의 열흘은 '사랑 연습'과도 같았다. 마치 이제까지 몇 년 동안 만나 온 사이인 것처럼, 앞으로도 변치 않고 사랑할 것처럼 지냈다. 밀라노에서 볼로냐로, 볼로냐에서 피렌체로, 피렌체에서 리미니로…

그 열흘 동안의 이탈리아 여행은 그 둘의 모든 것을 알려 주고, 알아내는 학습이기도 했다. 재회를 즐기고, 연정을 만끽하고, 그리움을 해소하는 값진 시간이지만… 무언가 두 사람의 관계에 대한 해답을 얻어내려 하는 시험이 기다리기라도 하는 듯, 서로간의 깊은 대화보다는 그저 각자의 깊은 사색이 필요했다.

음악으로 말하자면 소나타를 원했다.
논리적이고 구조적이며 형식적인 완성을 최고의 가치로
두는 음악. 소나타와 같은 여행을 원했던 거다.

하지만 운명은 그들이 마음먹은 대로 내버려 두지 않았다. 뜨거운 정열을 냉철한 논리가 지배하는 엄격한 음악을 만들어 보려고 했으나, 감정에 치우쳐 이리저리 휩쓸리는 환상곡 대신 형식과 변용을 통해 필연적인 결과를 창조하는 소나타이기를 원했으나, 그토록 논리적인 소나타도 결국은 음악이라는 사실을 놓치고 있었기 때문이다.

감정이 논리를 뛰어 넘는 것이 음악이란 것을 그들은 잊고 있었다. 그들 스스로가 정한 열흘은 예상했던 것보다 빨리 지나갔고, 시간이 지나면 지날수록 그들이 사고하거나 판단하고 싶었던 것들은 더욱더 객관성을 잃어 갔다. 말도, 행동도 어지럽게 뒤엉켜버렸다.

두 사람을 하나가 되게 만든 것은 추운 날씨였다. 서로의 온기를 느끼며 차가운 바람을 잊기 위해 애썼다. 서로가 서로의 존재를 확인하며 행복을 느꼈다. 둘의 관계나 각각의 미래에 대한 해답보다 함께 있는 현재를 원했다. 사랑은 그런 것이었다. 머리로 생각하고 판단하는 게 아니었다. 사랑을 판단하려던 노력은 사랑을 느끼려는 본능에 의해 처절하게 무시되었다.

소나타이기를 원했던 그 여행은 환상곡으로 끝맺고 말았다. 그들은 다시 답 없는 미래를 위해 기약 없는 이별을 해야만 했고, 환상곡의 애절한 선율은 차가운 밀라노의 '약속 없는 사랑'으로 완성되었다.

15 고백합니다

composed by 쇼팽 Frédéric Chopin

title 발라드 1번 Ballade No. 1, Op. 23

고백합니다.
당신에게 빠져버린 나를 발견했습니다.
당신의 맑은 두 눈이 나를 사로잡았습니다.
하늘의 별보다 더 반짝이는 당신의 눈망울이
내 정신을 혼미하게 만들었습니다.
당신의 낭랑하고 꼿꼿한 목소리는
아무런 도움이 되지 못합니다.
당신의 속삭임에 내가 무너졌습니다.
이 세상의 다른 모든 것들은
뿌옇게 변해 버렸습니다.
바닥에 널브러져 위를 올려다보니
당신의 모습만이 또렷해졌습니다.
보잘 것 없어진 나를 일으키고 싶어도
당신을 위해서 무언가 해주고 싶어도
아무것도 할 수 없습니다.
너무나 가슴 벅찬 당신의 존재감에
그 어떤 선물도 하찮게만 느껴집니다.
당신이 있어서 아침이 아름답기에
당신이 있어서 햇살이 따뜻하기에
당신이 있어서 빗방울이 슬프기에
당신이 선물입니다.
꽃을 들고 서 있어도
다이아몬드 반지를 끼고 있어도

순백의 드레스를 걸치고 있어도
그들이 당신을 찬양합니다.
하지만 그 어느 찬양도
당신에겐 부족하기만 합니다.
단순한 찬양은 나의 고백이 아닙니다.
당신에 대한 나의 열정을
후회 없이 불태우렵니다.
아무리 작은 일이라도
당신을 위해서 하겠습니다.
지금 이 시간부터는
당신이 있기에 나도 존재합니다.
나의 숨도, 나의 발걸음도
당신에게서 나오고 당신에게로 향합니다.

고백합니다.
당신이 있기에
이 땅 위에 서 있는 것이 행복해졌습니다.
내 심장이 뛰는 의미가 생겼다는
가슴 떨리는 나의 고백을
당신에게 전합니다.

고백합니다.
당신을 사랑합니다.

사춘기에 막 접어든 나의 뜨거운 가슴에 쇼팽의 발라드는 활활 불을 지폈다. 이보다 더 절실한 사랑 고백은 없다. 내가 이 곡을 연주할 때마다 가상의 상대에게 내 사랑을 고백한다. 인간이 할 수 있는 모든 종류의 사랑 고백, 이 음악 안에 듬뿍 담겨 있다.

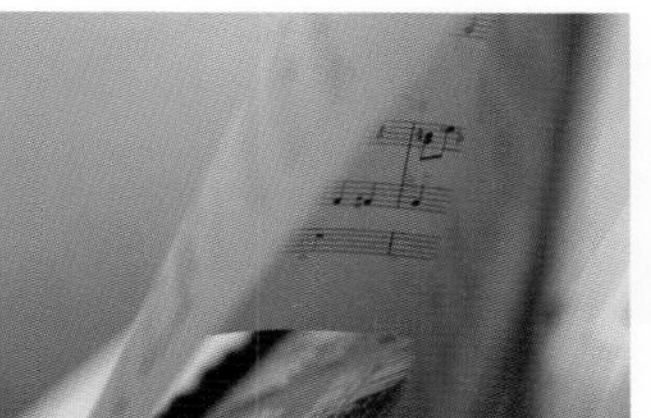

16

퍼피 러브

composed by 쇼팽 Frédéric Chopin
title 강아지 왈츠 Valse Op. 64, No. 1

'puppy love'라는 영어 표현이 있다. 강아지의 사랑이 아니라 강아지처럼 순수한 사랑, 대부분 어린 시절의 풋풋한 사랑을 뜻하는 말이다. 내 성격이 삐뚤어져서인지, 난 이럴 때 꼭 반문을 하곤 한다. 그럼 어른이 되어서 하는 사랑은 다 순수하지 않다는 말인가? 괜히 기분 찜찜해지는 말을 던졌나 보다.

나는 개를 좋아한다. 어린 시절부터 집에는 언제나 기르는 개가 있었고, 미국 유학 시절에는 코카 스파니엘 한 마리를 입양해서 자식처럼 길렀다. 강아지 때 유난히 털이 불그스레해서 이름을 루비라고 지었는데 훗날, 루비는 내가 작곡한 피아노곡의 주인공이 되기도 하고, 내가 설립한 음반사의 이름에도 쓰였다.

나는 루비가 영원히 나와 함께 있기를 바랐고 그래서 음악에도, 내가 만든 레코드 레이블에도 녀석의 이름을 남겨 주었다. 루비는 16년을 살고 생을 마감했다. 그 정도면 천수를 누렸다고 할 수 있다. 살아 있는 동안 루비는 언제나 나에게 큰 위안을 주는 존재였는데, 그런 루비가 세상을 떠난 후의 공허함은 마치 내 마음의 한 부분을 칼로 도려낸 듯한 느낌이었다.

내가 루비를 위해 작곡한 '루비스폴카'라는 곡도 꽤 인기가 있지만, 쇼팽의 강아지 왈츠에 비할 바는 못 된다. 길이가 짧아서 '1분의 왈츠'라고도 알려진 이 곡은 쇼팽의 연인이었던 상드의 강아지가 그의 주위를 빙글빙글 도는 모습을 보고 작곡했다고 한다. 헌데 쇼팽이 이 강아지를 너무나 사랑해서 곡을 쓴 것은 아니고, 상드가 쇼팽에게 했던 한 마디가 창작욕을 자극한 듯하다.

"내가 작곡가라면 이 사랑스러운 강아지를 위해서 곡을 하나 쓰겠어."

그래서 쇼팽은 작품 번호 64의 왈츠 두 곡 중 그 첫 번째 곡에 '상드의 강아지'에 대한 인상을 담아내게 된다.

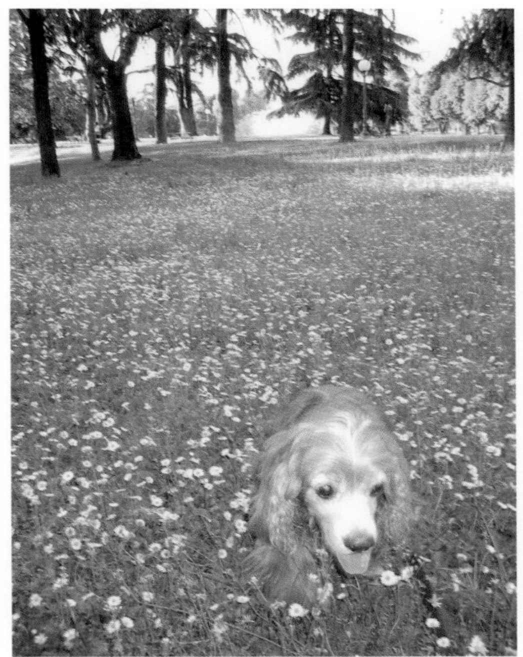

'퍼피 러브'라는 말이 괜히 생긴 게 아니란 건 내가 직접 강아지를 기르면서 알게 되었다. 강아지의 주인에 대한 사랑은 정말이지 맹목적이다. 어쩌다 집에 혼자 남겨 두고 외출했을 때, 단 10분만 나갔다 와도 마치 10년 만에 만난 사람을 보듯 반긴다.

강아지들은 조건이 없다. 개를 길러 본 사람들은 알겠지만 밥 주는 사람을 따르는 것과 진짜 주인을 좋아하는 건 많이 다르다. 세상에 딱 한 사람을 - 진짜 가족처럼 지내는 경우는 두셋일 수도 있겠지만 - 바라보고 무한한 애정을 표현한다. 맘에 안 들거나 싸우면 헤어져? 아니면 집을 나갈까? 꿈에도 생각 못할 일이다. 강아지에게 주인은 전지전능한 신과도 같고, 그가 이 세상 끝나는 날까지 자신을 보호하고 사랑해 줄 거라고 굳게 믿는다.

혹 지나치게 강아지의 마음을 미화하는 게 아니냐고 반박하는 사람이 있을 수 있겠지만, 미화라도 좋고, 과장이라도 좋다. 어쨌든 내가 느끼는 게 중요한 거고, 나를 사랑하는 그 누군가가 그렇게 아무 조건 없이 맹목적인 사랑을 표현하는 건 눈물 나게 감동적인 일이니까.

아쉽게도 나이를 먹으면 그런 것들이 없어진다. 사춘기 시절의 풋사랑, 대학생 때의 정열적인 사랑, 결혼 적령기의 현실적인 사랑, 그리고 결혼에 실패한 이들이 다시 하게 되는 필요에 의한 사랑…. 이 모든 순간의 사랑을 거치는 동안 '순수'라는 색깔의 농도는 점점 옅어지는 것 같다.

그래도 나는 기만적이거나 다른 목적이 있는, 소위 말하는 가짜 사랑 같은 건 하지 않았다고 자신하지만, 역시 어른이 되어서 이런저런 나쁜 것들에 조금씩 물들고 나서는 어렸을 때의 퍼피 러브 같은 순수한 사랑은 느껴볼 수 없었다고 고백해도 좋겠다. 나만 그런 것은 아닐 거다. 어쩔 수 없이 나이를 먹을수록 깨끗하고 순수한 것과는 거리가 생기게 되는 법이니까.

/

괜히 기분 찜찜해 할 필요는 없다. 어차피 강아지처럼 순수한 사랑은 우리 어른들에게는 힘든 일이다. 사랑은 그렇게 하는 거라 말할 수도 없다. 그런 사랑이란 어쩌면 참 비현실적인 것이다. 아이들과 달리 어른들은 사랑 앞에서도 현실적일 수 있고, 또 그렇기 때문에 이 사회의 질서가 유지되는 걸 거다.

하지만 잊지 말아야 할 것은 있다. 꼬리치며 빙글빙글 내 주위를 도는 강아지가 아주 성가시게 느껴질 수는 있지만, 그 정신없는 강아지의 마음속은 나에 대한 사랑으로 가득 차 있다는 것! 성가시다고 그냥 발로 걷어차 버리고 마는 건 그 강아지에겐 너무나 슬픈 일이 될 수 있다는 것!

/

그리고 아주 드문 일이기는 하지만, 나를 향한 어떤 한 사람의 마음도 강아지의 그것과 똑같을 수 있다는 것! 잊지 않았으면 한다.

17

아낌없이 주기만 하는 나무?

composed by 베르그 Alban Berg

title 소나타 1번 Sonata Op. 1

20세기 들어 '클래식 음악의 가장 큰 변화'라고 꼽을 만한 것은 수백 년을 이어왔던 조성 체계가 무너졌다는 사실이다. 대신 일반인에게는 좀 난해하기만 한 아방가르드 풍의 음악이 비엔나를 중심으로 유행하기 시작했는데 이 음악의 특징은 온음과 반음으로 이루어진 음계, 즉 어느 한 음을 주축으로 하는 조성을 무시한 채 음계의 모든 음을 동등한 위치에서 취급하고, 임의로 만든 음의 순서를 조합해서 작곡을 하였다는 데 있다. 멜로디를 맨 뒤의 음부터 거꾸로 연주하기도 하고, 위아래를 뒤집어서 연주하기도 한다. 같은 음들을 사용하지만 완전히 다른 멜로디가 탄생한다. 12음 기법의 음악이다.

어려워진 음악 이론 이야기를 더 이상 계속할 필요는 없겠다. 들어서 바로 귀에 쏙 들어오는 친근한 음악은 아니지만, 20세기 12음 기법의 음악들도 익숙해지면 쇼팽이나 브람스처럼 아름답게 들릴 수 있다. 처음으로 이런 음악을 접하는 사람들에게 추천할 만한 곡이 하나 있는데 바로 알반 베르그의 피아노 소나타이다. 이 곡은 베르그의 첫 공식 작품이지만, 완벽하게 12음 기법으로 작곡되지는 않았다. 형식적으로는 나단조의 조성을 택했으나 자세히 보면 위에서 말한 12음 기법을 여러 방법으로 시도하기 시작한 작품이라는 걸 알 수 있다.

불쑥 생각나는 이야기가 하나 있다. 어렸을 때 읽은 책 중에서 기억에서 지울 수 없는 책이 하나. 쉘 실버스타인의 『아낌없이 주는 나무』이다. 이 이야기가 주는 메시지는 아주 간단하다. 돌려받을 생각 없이 그냥 주는 게 사랑이라는 것.

이야기 속의 나무는 자기가 가진 것을 다 내어주면서도 행복해하는데, 나무의 친구인 소년은 아무것도 주는 것이 없고, 함께 있어 주지도 않고, 끝까지 날름 받아 가기만 한다. 내 어린 가슴에는 정말 와 닿지 않는 이야기였다. 그렇게 좋아하는 친구이고, 자기가 가진 것을 전부 줄 수 있는 친구인 것까지는 알겠는데 결국 그 소년은 나무와 함께 있는 것이 아니지 않은가?

내가 좋아하는 친구와 함께 있는 게 나한테는 가장 행복한 일인데 그 소년에게는 그렇지 않은 이유는 뭔가? 나만 혼자 아끼고 위하는 친구를 진짜 친구라 할 수 있는가?
그래서 그 이야기가 싫었다. '나무는 바보이고 소년은 나쁜 사람이다'라는 게 내 결론이었던 기억도 난다. 어린아이의 단순한 논리 같지만, 사실 세상 대부분의 사람들은 절대로 나무가 되려 하지 않는다. 되도록 소년이 되려 한다. 소위 말하는 갑을 관계에서 갑이 되려고 발버둥 친다는 이야기다.

/

남녀 관계에서도 마찬가지다. 그렇게까지 일방적인 관계라는 것이 있을 수 있는지, 이야기 속의 나무처럼 정말 모든 걸 다 내어 주고도 무엇 하나 받을 생각이 없는 이가 과연 몇이나 될는지.

/

남녀 간의 갑을 관계와도 같은, 내가 아는 어떤 커플의 이야기이다.

갑돌이와 을순이가 만났다. 을순이는 갑돌이가 처음부터 좋았지만, 사실 갑돌이는 그렇지 않았다. 갑돌이는 을순이에게 전혀 친절하지 않았고, 진지하게 연애 상대로 여긴 적이 없다. 하지만 을순이는 개의치 않고 갑돌이를 따라다녔다. 항상 선물과 편지와 자신의 마음을 정성껏 전했다. 갑돌이는 기꺼이 받았지만 아무것도 주지 않았다. 그리고 늘 다른 여자를 만났다.

그러던 중, 갑돌이가 실연을 당하고 삶의 의욕을 잃었을 때, 그 일로 마음에 큰 상처를 입었을 때, 을순이는 진심으로 갑돌이를 위로했다. 같이 있어 주었고, 힘이 되어 주었다. 갑돌이는 그 진심과 정성에 감동했고 둘은 연인이 되었다.

갑돌이는 여전히 을순이에게 친절하지 않았다. 시간 약속도 안 지키기 일쑤였고, 뭐든지 자기 마음대로만 했다. 만나고 싶을 때만 만나고, 정작 을순이가 자신을 필요로 할 때는 거들떠보지도 않았다. 을순이를 위해주기는커녕, 을순이가 항상 자신을 먼저 생각해 주기를 원했다. 그래도 을순이는 갑돌이가 좋았다. 돈이 필요하면 돈을 주고, 몸이 필요하면 몸을 주고, 옆에 있길 원하면 있어 주고, 없어지길 원하면 멀리서 기다리기만 했다.

그들의 일상에 변화가 생겼다. 갑돌이가 새로운 직장을 구했고, 멀리 떠나가야만 하는 일이 생긴 거다. 둘은 더 이상 자주 만나기가 힘들어졌다. 갑돌이가 을순이를 만나러 돌아오는 일은 없었고, 항상 을순이가 갑돌이가 사는 곳으로 갔다.
갑돌이는 을순이의 사정은 생각 않고 필요할 때만 불렀다. 을순이가 아무리 갑돌이가 있는 곳으로 가고 싶어 해도 갑돌이는 자신이 필요하지 않으면 오지 못하게 했다. 갑돌이를 위해서는 모든 것을 할 수 있다고 생각하는 을순이지만, 이런 상황을 지속하는 건 힘들었다. 갑돌이가 원하는 대로 해주고 싶어도 그렇게 하는 것 자체가 현실적으로 힘들었기 때문이다.
그래서 을순이는 갑돌이에게 처음으로 '요구'라는 걸 했다. '우리 결혼하자'라고. 갑돌이의 대답은 차가웠다. 지금 당장 결혼을 생각할 처지가 아니라고. 생각하고 싶지도 않고, 말하고 싶지도 않다고. 을순이는 고민했다. 과연 이대로 이 관계를 지속하는 게 맞는 것일까?
을순이는 극약 처방을 생각해 냈다. 갑돌이에게 말했다. 결혼하는 게 불가능하면 헤어지자고. 널 위해 모든 걸 할 수 있지만, 이렇게 떨어져 있는 것은 감당하기 힘들다고. 해주고 싶어도 같이 있지 않으면 아무것도 해줄 수가 없다고. 내가 멀찌감치 떨어져 있는 게 도와주는 거라면 나는 힘들지만 헤어지는 게 맞을 거 같다고. 갑돌이는 한동안 답이 없었다.

긴 시간이 흐른 뒤 갑돌이한테서 연락이 왔다.

"많이 생각했다. 그리고 그렇게 하는 게 좋겠다. 잘 살아라."

갑돌이가 한 말의 전부였다. 을순이가 기대했던 답은 아니었다. 을순이는 갑돌이가 변하길 원했지만 변하는 것이 아니라 떠나가고 말았다. 을순이는 매달렸다. 헤어지자고 했던 말은 진심이 아니었으며 그저 너의 마음을 돌리고 싶어서 해본 말일 뿐이라고.

"네가 헤어지자고 해서… 나도 그게 좋을 거 같아서… 지금 다른 여자를 만나게 되었어."

갑돌이는 그렇게 마지막으로 을순이에게 치명적인 아픔을 안겼다. 그리고 완전히 떠나갔다.

나무와 소년의 이야기와 현실의 남녀 관계는 비슷한 듯 다르다. 떠나간 갑돌이가 만족한다면 아낌없이 주는 을순이도 행복해야 맞는 걸 텐데 정말 그렇게 주기만 하고, 실연까지 당한 뒤에도 행복할 수 있는 사람이 몇이나 될지 모르겠다.
그런데 을순이는 정말 주기만 한 걸까?
그렇다면 '아낌없이 주는 소년' 같은 이야기도 있을 수 있다.

옛날에 한 소년이 있었다.
그 소년에게는 사랑하는 나무 한 그루가 있었다.
나무는 매일 소년을 기다렸고,
소년이 정성스럽게 길어다 주는 물을 마시고 살았다.
소년은 나무의 이파리를 갉아먹는 벌레들을
열심히 잡아 주었고,
그 덕에 나무는 건강하게 커 갔다.
소년이 쏟는 정성만큼 많은 열매를 맺을 수 있었고,
다른 그 어떤 나무보다 풍성하고 화려한 나무가 되었다.
나무는 소년을 너무 좋아했고, 소년도 행복했다.
세월은 흘렀고, 나무도 소년도 모두 나이를 먹었다.
나무는 더 이상 소년이 주는 물이 필요 없었다.
어느 날 성인이 된 소년이 나무에게 말했다.
"오늘은 더 많은 물을 가져왔어. 네가 이렇게 컸으니
물도 더 많이 필요하겠지. 맛있게 먹어."

나무는 말했다.

"아니 이제 난 네가 주는 물은 필요가 없어.
뿌리가 길고 튼튼해져서
땅속의 물을 많이 충분히 빨아들일 수 있게 되었단다.
그보다 나는 내 가지를 예쁘게 단장해 줄 사람이 필요해.
정원사 한 명 구해 줄 수 있겠니?"

소년은 정원사를 살 돈이 없었다. 그래서 시간이 날 때마다
와서 가지를 치고, 나무를 예쁘게 가꿔 줬다.
그러느라 떨어지기도 하고 손을 다치기도 했지만,
덕분에 정말 멋있는 나무가 되었고, 소년은 그것으로
행복했다.

/

세월이 흘렀고 소년은 노인이 되었다. 나무가 또 말했다.

"여기 이 자리는 멋진 내가 있기에는 너무 누추한 것 같아.
나를 좀 더 멋있는 언덕으로 옮겨 주지 않을래?"

소년은 더 이상 그럴 기력이 없었지만 죽을힘을 다해,
뿌리 한 오라기도 다치지 않게 나무를 옮겨 심었다.
너무 무리하게 힘을 쏟은 소년은 병을 얻고 말았지만,
새로운 언덕을 좋아하는 나무를 보며 행복해했다.

세월이 더 흘렀고, 나무는 더 자랐고, 소년은 죽을 날이 가까웠다.

나무가 말했다.

"이 언덕에 비바람이 불면 너무 춥고, 가지가 다 꺾일 것만 같아. 내 주위에다 온실을 만들어 주지 않을래?"

소년은 돈이 없었지만 가지고 있는 것을 모두 팔아서 온실을 만들 수 있는 재료를 사 왔다.

그리고 더 커진 나무를 위해 병들고 허약해진 몸도 아랑곳하지 않고, 열심히 온실을 만들었다. 온실이 완성되자 나무는 만족해했고, 그런 나무를 보며 행복해하던 소년은 그 나무 밑에서 숨을 거두었다.

나무는 썩어서 흙이 된 소년의 몸을 거름 삼아 더욱 크고 멋진 나무가 되었다.

/

실버스타인의 나무는 소년에게서 정말 아무것도 받은 게 없는 걸까?

받은 건 생각하지 않고 준 것만 기억하는 건 아닐까?

20세기의 12음 기법 음악에서는 멜로디를 구성하는 음들을 하나의 세트로 묶어서 이리 뒤집고, 저리 뒤집는다. 멜로디 뒤집기란 물론, 정식 음악 용어는 아니지만 12음 기법 음악의 중요한 테크닉인 것만은 틀림없다.

그렇다면 이야기 뒤집기는 어떨까? 갑돌이와 을순이의 이야기는? 내 자신의 이야기들은? 알반 베르그의 피아노 소나타를 들으면서 이런저런 이야기들을 한 번씩 뒤집어 생각해 보는 것도 재미있겠다. 특히… '나는 항상 주기만 해'라고 생각하는 사람이라면 말이다.

18

내게 맞는 사랑의 방법

composed by 베토벤 Ludvig Van Beethoven

title 엘리제를 위하여 Bagatelle No. 25, WoO 59 "Für Elise"

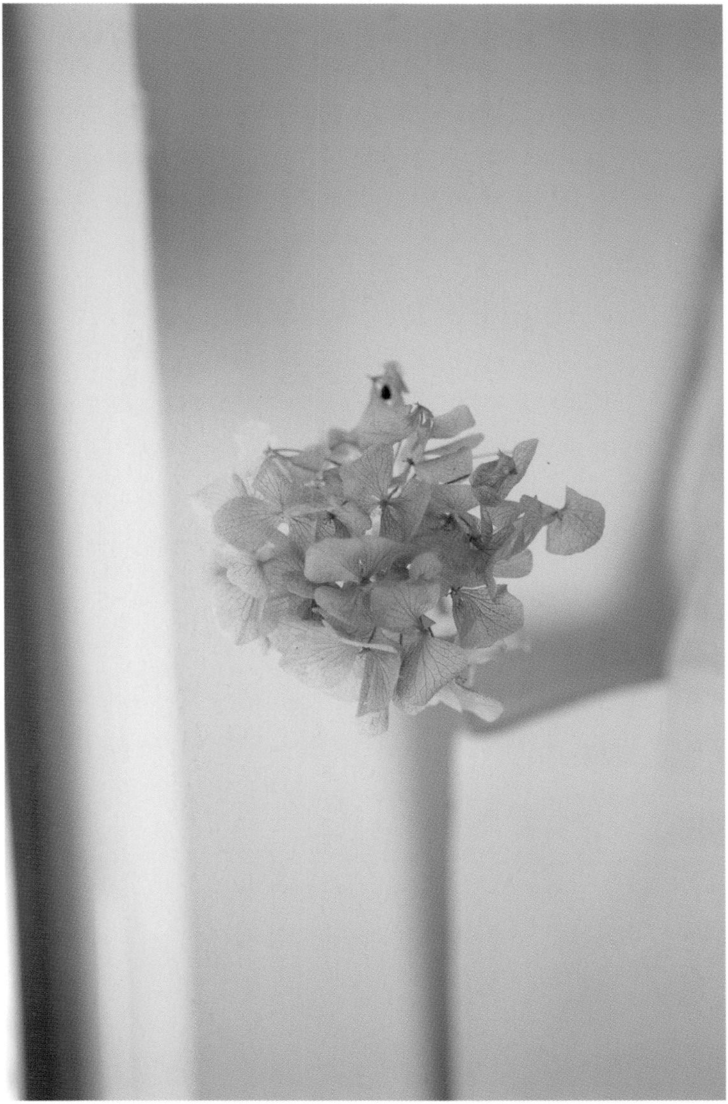

내 어린 시절의 영웅, 음악 역사상 가장 유명한 작곡가, 유명할 뿐만 아니라 명성에 걸맞게 수도 없는 명곡을 작곡한 위대한 사람, 후대의 수없이 많은 음악가들에게 지대한 영향을 끼친 선배, 음악인의 사회적 위치를 한 단계 끌어올리는 데 크게 공헌한 선구자…. 열거하다 보면 날이 샐 수도 있겠다만, 하여튼 '대단하다'라는 말이 정말 잘 어울리는 악성 베토벤.

오늘은 이 베토벤에 대한 신랄한 비판을 좀 해 보겠다.

'엘리제를 위하여'라는 베토벤의 피아노 소품을 모르는 사람은 없을 거다. 제목에서 쉽게 알 수 있듯이 이 사랑스러운 피아노곡은 엘리제라는 여인을 위해서 쓰인 듯하다. 이 엘리제가 누구였는지에 대한 사실 규명은 아직도 제대로 이루어지지 않았다.

후보로 등장하는 여인이 서너 명 되는데 그 누구도 어느 여자가 이 곡의 주인공인가에 대한 확실한 증거를 제시하지는 못했다. 그저 추측이 난무할 뿐이다. 더러는 이 곡이 베토벤의 곡이 아니라는 주장까지 내놓기도 한다.

그런데 지금 내가 쓴 소리 한 번 하겠다는 것은 음악에 대한 것도 아니고, 곡의 타이틀에 대한 것도 아니고, 바로 베토벤이라는 '사람'에 대한 이야기다. 연애에 있어서는 평생 실패자였던 악성 베토벤!

이 못난 사람아! 그런 식으로 해서 어떻게 여자의 마음을 사로잡을 수 있겠는가?

베토벤을 떠올릴 때마다 한 번쯤 해주고 싶은 말이다. 작곡가로서 나에겐 그저 신과 같은 존재이지만, 연애에 있어서는 정말 아닌 듯하다. 베토벤의 편지들을 비롯해 여러 역사적 문헌들을 살펴보면 베토벤은 열정적인 사랑, 그 사랑의 성공을 평생 갈망했던 것으로 보인다. '불멸의 연인'이라는 자필 편지에 등장하는 여인과는 - 이 역시 누구인지는 확실하지 않다 - 실제로 어느 정도 깊은 사랑을 나누었던 게 확실해 보이지만, 결과적으로 한 여성을 만나 행복한 결혼 생활을 하는 데는 실패했다는 것도 확실하다.

/

사실 음악 역사상 빼놓을 수 없는 여성 편력가는 프란츠 리스트이다. 물론 잘 생기고 화려한 외모가 한몫했겠지만, 리스트는 여성을 한 번에 사로잡는 타고난 능력이 있었던 것 같다. 원하는 여자를 얻는 데 있어서는 둘째가라면 서러웠을 인물이 바로 리스트였다는 거다.

소위 말하는 '나쁜 남자'였던 리스트와 베토벤은 많이 다르다. 베토벤의 연애편지들은 그가 사랑하는 여인에 대한 열정으로 - 때로는 지나치기까지 한 - 가득 차 있다. 심지어는 사랑에 대한 투정으로 보이기까지 한다. 그의 음악 중에도 물론 열정적인 곡들이 많이 있지만, 오히려 베토벤의 작품 세계는 그의 실제 성격보다 훨씬 차분하고 논리적이었으며, 구조적으로 악곡을 발전시켜 나가는 능력은 경이롭기까지 했다.

이처럼 절대 무너지지 않을 견고한 성과도 같이 음악을 쌓아 올렸지만, 본인의 일상생활은 그렇지 않았던 것 같다. 괴팍하고 화를 잘 냈으며 사랑하는 사람들에 대한 집착도 대단했다고 한다. 작곡을 하듯이 사랑을 했으면 좋으련만, 연애에 있어서는 전혀 차분하지 못했으며 누군가와 사랑에 성공해야 한다는 강박 관념에 사로잡혀 언제나 누군가를 흠모하고 사랑하려 했다. 그리고 한 여자와의 사랑에 실패하면 곧 바로 다른 여자로 옮겨 갔다.

/

베토벤의 음악 이야기를 잠깐 하겠다. 그는 곡을 쓸 때, 화려하고 다양한 테마를 사용하는 것을 꺼렸다. 쉽게 말해서 주된 선율들은 아주 단순하고 짧은 경우가 대부분이다. 그 대표적인 사례가 운명 교향곡이다. 그러나 이 단순한 주제들을 아주 조금씩, 순차적으로, 정말 영리하게 발전시키고 조합하고 변형시켜서 구조적으로 완벽한 곡을 탄생시킨다.

짧은 시간에 뚝딱 곡을 써 버리는 모차르트와는 달리, 베토벤은 곡 하나를 완성하는 데 많은 시간을 투자했다. 무려 12년간 이상을 고치고, 고치고, 또 고친 곡도 있다고 하니 그 인내심은 가히 존경할 만하다.

사랑도 그렇게 했어야 할 것이다. 프란츠 리스트와 같은 외모와 스타성을 타고난 게 아니라면, 자신의 마음을 또는 자신만이 가지고 있는 매력을 상대방에게 조금씩 알기 쉽게 전달했어야 한다. 모든 것을 한 번에 쏟아 붓고, 사랑을 애걸

하고, '내가 널 이만큼 사랑하니 너도 날 사랑해 달라'고 갑자기 외쳐 봐야 듣는 사람은 어안이 벙벙할 뿐이다.

/

매력이란 제각각이다. 사랑에 성공하는 사람들이란 자신의 매력을 상대방에게 효과적으로 어필하는데 능숙한 사람들이기도 하다. 반대로 실패만 거듭하는 이들은 대부분, 그 사람만이 가지고 있는 장점과 특별한 것들을 잘못된 방법으로 전달한다. 술에 비유하자면 마치 와인을 막걸리 사발에 담아서 내어 놓는 격이랄까? 아니면 맥주를 따뜻하게 데워서 정종 잔에 담아낸 것 같은?
좀 더 열정적으로 사랑에 임해야 하는 사람, 반대로 좀 더 차분한 구애의 과정이 필요한 사람, 구체적으로 자신의 사랑을 표현하는 게 좋은 사람, 말없이 그냥 손을 잡거나 덥석 키스를 해버리는 게 나은 사람… 정말 여러 가지, 가지가지이다.
나는 어떤 게 어울리는 사람일까? 사랑에는 별 볼 일 없었던 베토벤의 곡 '엘리제를 위하여'를 들으면서 차분히 생각 좀 해 보자. 작곡자 본인은 사랑에 서툴렀다 해도 이 음악만큼은 완벽한 사랑 고백이 아닌가.

어쩌면… 정말 다른 사람이 쓴 곡인지도 모르겠다.

19

사랑할 수 있는 한 사랑하라

composed by 리스트 Franz Liszt

title 사랑의 꿈 Liebesträume No. 3, S.541

사랑할 수 있는 한 사랑하라.

이 얼마나 아름다운 말인가. 하지만 사랑에 한 번 빠지기도 쉬운 일이 아니거늘, 한 번뿐인 인생을 살면서 사랑할 수 있는 만큼, 기회가 오는 대로, 멋진 사랑을 여러 번 경험한다는 것은 참으로 어려운 일이다.

〈사랑의 꿈〉은 '프라일리그라트'의 시(詩) '사랑할 수 있는 한 사랑하라'에 붙인 리스트의 곡이다. 본래의 시가 말하고자 하는 것은 하나의 사랑, 조건 없는 사랑, 영원한 사랑이다. 앞서도 말했지만 마음 가는대로 사랑하면서 살았던 리스트에게는 어쩐지 조금 어울리지 않는다.

하지만 이토록 비현실적으로 낭만적인 시에 그토록 아름다운 곡을 붙일 수 있었던 것도 리스트이기 때문에 가능했다.

길지도 않은 한 번의 인생을 살면서 단 한 번밖에 사랑을 할 수 없다고 한다면 리스트에겐 받아들일 수 없는 일이었을 거다. '이 세상에 태어났으면 짜릿하고 불같은 사랑을, 죽기 전에 가능한 한 많이 해보자!'라는 생각을 이 아름다운 시를 빌어 음악으로 승화시켰다고 보면 될 것 같다. 이렇게 말하고 보니 고귀하신 분들은 어쩌면, 너무 저급하다고 몰아세울지도 모르겠다. 하지만 음악으로서, 의심할 것 없이 아름다운 예술 작품으로 승화되었으니 그 소재가 조금 유치한들 아무 상관없지 않은가.

이탈리아 이야기를 조금 하겠다. 나는 이탈리아에 오래 살아서 이탈리아 남자들의 습성을 너무나 잘 알고 있다. 조금 과장하자면 이들의 사랑은 좋게 말해 솔직하고, 나쁘게 말하면 신의가 없다. 눈앞에 있는 여자에게 사랑을 고백하고는 뒤돌아서 또 다른 여자에게 그녀의 아름다움을 찬양한다. 그 중 한 명에게 거짓말을 하는 것이 아니다. 그저 새로운 여성을 만날 때마다 새로운 사랑이 싹트는 모양이다.

물론 모든 남자가 다 그런 건 아니고, 이탈리아라는 곳에 유독 그런 친구들이 많다는 이야기다. 그들은 사랑할 수 있는 한 사랑한다. 그러기 위해서 노력하는 것이 아니고, 그냥 천성이 그렇다.

나의 주관적인 판단에 의하면 그런 이탈리아의 남자들이 이탈리아의 여자들을 억세게 만들었다고 여겨진다. 그녀들은 정말로 세다. 여기저기서 온갖 여자들에게 사랑을 표현하려는 이 솔직한 남자들을 컨트롤하려면 여간 강하지 않으면 안 될 거다. 사랑할 수 있는 한 사랑하려는 남편들 앞에서 이탈리아 아내들의 위엄은 하늘을 찌를 듯하기 때문에 남편들은 대부분, 아내 앞에서는 마치 야단맞는 강아지처럼 온순하다. 그렇지만 아내가 없는 곳에서는 금세 다 잊고, 옆자리의 처음 보는 아가씨와 시시덕거리기 일쑤다. 그러니까 귀엽게 봐줘서… 정말 강아지들 같다.

리스트와 이탈리아 남자들에 대해 이야기를 하다 보니 반대로 독일 사람들이 생각난다. - 아! 리스트는 헝가리 사람이지만 이탈리아를 무척 사랑했다! - 특히 독일의 대표적인 작곡가 브람스의 턱수염 덥수룩한, 그다지 매력적이지 않은 모습이 떠오른다. 브람스를 폄하하려는 것은 아니고, 다만 평생 제대로 된 사랑 한 번 못해 본 그 턱수염 아저씨라면 어떤 음악을 썼을까 궁금할 뿐이다.

모르기는 해도 브람스라면 정열적인 사랑을 논하는 프라일리그라트의 시 자체에 별 흥미를 못 느꼈을 듯하다. 오히려 브람스에게는 뮐러의 '독일인의 사랑'과 같은, 순수하고 맹목적이며 플라토닉 한 사랑이 더 어울린다. 그의 클라라 슈만에 대한 일생 동안의 조용한 흠모에서도 알 수 있듯이, 있는 감정을 그대로 드러내고 행동에 옮기는 원초적인 사랑은 결코 그의 언어가 아니었다.

나는 리스트가 될 것인가, 아니면 브람스처럼 살 것인가. 물론 이것은 생각으로 결정할 문제는 아닌 듯하다. 천성적인 요인이 이미 많은 것을 결정해버리기 때문이다. 하지만 최소한, 리스트의 곡 〈사랑의 꿈〉을 들으면서 굳이 브람스가 되려 할 필요는 없지 않을까? 음악을 통해서 리스트가 이토록 사랑한다고, 미친 듯이 외치고 있는데 그것을 애써 외면할 필요는 없지 않겠는가?

"사랑해, 사랑해. 난 너를 정말 죽도록 사랑해!!!"

상상으로나마 리스트의 끊임없는 외침에 화답해 보자. 예술 속 사랑에 반응하는 것은 역시 죄가 되지 않는다.

20

꿈

composed by 슈만 Robert Schumann

title 트로이메라이(꿈)

Kinderszenen Op. 15, No. 7 "Träumerei"

언젠가는 끝이 올 수밖에 없었던 우리 관계의 시작은… 아니, 어쩌면 애초에 시작조차 없었던 것인지도 모를 우리 관계의 처음은 사제 관계에 가까운 것이었다. 대선배와 후배라고 해도 좋다. 작기만 한 내 자신 앞에서 항상 범접할 수 없는 실력과 카리스마를 뿜어내는 그를 난 항상 쫓고 있었다. 그런 나에게 스승이나 선배를 바라보는 것과는 다른 감정이 싹튼 것이 언제인지… 그게 정확하지가 않다.

아마 그가 나를 위해서 슈만의 〈트로이메라이〉를 연주해 주었던 그 순간일지도 모르겠다. 그때 난, 아무런 생각도 없이 그의 연구실에 있는 책들을 정리하고 있었다. 연주회가 아니면 결코 누구 앞에서도 피아노를 연주하는 법이 없는 그였기에 나는 약간의 놀라움과 기쁨과 의아함이 섞인 묘한 감정으로 그를 바라보았다. 나에게는 눈길도 주지 않고, 그다지 긴장감도 없이 덤덤하게 슈만의 트로이메라이를 연주하던 그의 모습이 지금까지도 내 기억에 남아 있는, 가장 선명한 장면이기에 아마도 그때가 우리 관계의 시작, 아니 내 마음이 움직이기 시작한 순간이라고 기억하는지도 모르겠다. 그는 곡의 끝부분을 어정쩡하게 연주하다 말고 이렇게 말했다.

"너에게 언젠가 꼭 한 번 들려주고 싶었는데…."

무뚝뚝하게 이 한 마디만 남기고는, 뜻 모를 미소와 함께 방을 나가버렸었다.

그 후로 두어 달 동안은 아무 일도 일어나지 않았다. 서로에게 조금은 특별한 감정을 가지고 있다는 것을 인정하기까지, 아주 많은 시간이 걸렸다. 그러니 그때 그의 연주를 들었던 그날이 우리 관계의 정확한 시작이라고는 할 수 없겠지만, 그날 이후 그를 대하는 내 마음이 달라진 건 확실하다. 마치 트로이메라이의 첫 프레이즈 끝 음인 F음을 끝도 없이 길게 붙잡고 있는 듯한, 무언가 시작되었지만 잠시 멈춰버린 몽롱한 꿈의 도입부 같은 느낌이랄까… 우리의 애매모호한 관계, 그 처음은 그런 것이었다.

천천히 시간이 흘렀고, 우리는 단 둘이 만나는 시간이 잦아졌다. 하지만 특별히 약속을 정해 만나는 일 같은 것은 없었고, 어쩌다 기회가 되면 함께 차를 마시거나, 식사를 하거나, 몇 시간이고 그의 연구실 소파에 앉아 음악에 대해 이야기하는 것이 고작이었다. 누가 먼저랄 것도 없이 그렇게 되곤 했다. 걷다가 우연히 마주쳐 어느 샌가 마치 약속을 한 사람들처럼 함께 걷고 있는, 그런 우리의 모습을 발견하는 것쯤은 아주 흔한 일이 되었다.

그는 말이 별로 없었지만, 어쩌다 던지는 한 마디, 한 마디가 왠지 모르게 내 마음을 파고들었다. 잠들기 전이면 그가 한 말들을 몇 번이고 되뇌는 것이 나의 중요한 일과가 되어버렸을 정도로.

"우리는… 연인인 게 맞겠지?"
첫 여행. 그가 내 손을 꼭 쥐고 말했다. 그뿐이었다. 더 이상 아무 말도 하지 않았고, 이후로도 한동안 그는 말없이, 그저 따뜻하게 덥혀진 눈으로 나를 바라보기만 했다.
그는 결혼에 실패한 적이 있는 사람이다. 좀처럼 자신의 과거를 말하지는 않지만, 첫 결혼의 안 좋은 기억에 대해서 꽤 여러 번, 열변을 토했던 기억이 있다. 자신에게 잘못이 있었다고 해도 그 결혼 생활은 너무 불운했다고, 끝나는 순간까지 최악이었다고, 두 번 다시 결혼하지 않겠다고, 평생 독신주의자로 살겠다고….
그런 이야기들을 꼭 나에게 들려주기 위해서 하는 것 같지는 않았다. 어쩌면 자신을 향해 울분을 쏟아 붓는 것 같은, 꼭 그런 느낌이었다.
그래도 나는 그가 좋았다. '그러므로 너와 결혼할 일은 없다'고 못 박는 것처럼, 지난 결혼 생활에 대해 쏟아내고는 했지만, 내 앞에서 그런 말을 하는 것은 그 말을 들어주는 사람이 나이기 때문일 거라고도 생각했다. 자신을 전부 드러내고 싶을 만큼, 그에게 나는 아주 특별한 존재일 거라고 애써 위안했다.
나의 생각, 취향, 내가 바라는 것들까지 그는 '나'에 대해 잘 알고 있었으며 그것들 모두를 좋아한다고 말했다. 나는 우리가 닮아서 좋았고, 그가 나를 알아주어 좋았고, 무엇보다… 그가 좋았다. 우리는 그렇게 생각을 공유하고, 마음을 나누었다. 함께 있는 시간을 아끼고, 삶의 가치에 대해 많은 이야기를 나눴다. 그와 보내는 시간들은 그 어떤 순간에도 지치지 않고 반짝, 빛이 났다.

다만 우리는 둘의 미래에 대해서 의견을 나누거나 서로의 바람을 피력하는 경우는 없었다. 그의 실패한 결혼에 대한 이야기 때문인지도 모르겠다. 우연찮게 말이 나와도 '뭐 어떻게든 되겠지' 하고 애매하게 끝맺으면, 그게 그 대화의 마지막이 되곤 했다.

/

'우리 결혼하면 안 될까? 나를 아내로 맞을 생각은 없는 거야? 그럴 가능성은 정말 없어?'라고 물어보고 싶었던 적이 수백 번. '그냥 이렇게 기다리고 있으면 언젠가 그렇게 되는 걸까? 우리 만나기 시작한 것처럼 아주 천천히 조금씩 부부가 될 수 있는 걸까?'라고 생각하는 건 매일….

그의 대답은 듣지 않아도 알 수 있었다. 우리의 미래란 말

해 주지 않아도 눈에 보였다. 만일 우리가 조금 더 발전한다면, 그래서 결혼이거나 결혼에 준하는 관계로까지 지속된다면… 어쩌면 그는 나를 떠날 것이다. 그도 그걸 알고 있다. 그래서 우리는 이렇게, 마치 정지된 시간을 지나고 있는 것처럼 천천히 흘러오고 있는 것이다. 가능한 한 우리 둘의 좋은 날들을 오랫동안 붙잡고 싶은 것이다.

하지만 언젠가는, 필연적인 허무한 끝이 나를 기다리고 있다. 그 끝은 우리의 시작과도 같아서, 언제가 마지막인지 기억조차 하기 힘든, 마치 안개가 자욱한 길을 걷다가 언제 그 안개가 걷혔는지 깨닫지도 못하면서 계속 걷는 것과 같은, 애매한 끝이 될 것이다.

/

그래도 나는 물어보고 싶다. 그의 대답은 빤하지만, 난 단지 그의 입에서 'NO'라고 하는 말을 그의 목소리로 듣고 싶은 것이다. 그러면 분명 나는 이 꿈에서 깨어날 수 있다.

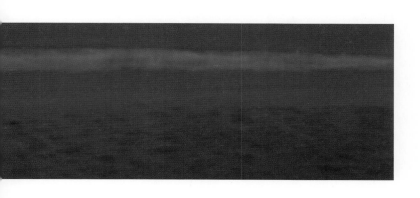

21

다른 느낌의 재회

composed by 무소르그스키 Modest Petrovich Mussorgsky
title 전람회의 그림 Pictures at an Exhibition

지금 듣고 있는 무소르그스키의 〈전람회의 그림〉은 내게 퍽 이나 특별하다.

/

학창 시절의 나는 그녀를 무척 좋아했다. 아니 좋아했다는 말로는 부족하다. 그녀는 내게 흠모와 존경의 대상이었다. 그녀도 나를 좋아했음이 틀림없다. 그것을 확실히 느끼면서도 마음 한켠에는 공부도 잘하고, 얼굴도 예쁜 그녀에게 나는 정말이지 어울리지 않는 사람이라는 생각이 자리하고 있었다. 흠잡을 곳이라고는 없던 인기 만점의 그녀가 왜 나 따위에 매료되었는지, 내 마음은 자학적인 의문으로 가득했다. 만나는 동안에도 왜 나를 만나느냐는 질문만 줄기차게 했던 것이 기억난다. 그녀의 대답은 평범하고 차분하기 짝이 없었다.

"그냥, 네가 좋으니까…."

내 학교 성적은 아무리 발버둥을 쳐도 그녀를 따라 갈 수가 없었다. 외모는 말할 것도 없고, 심지어는 운동도 나보다 그녀가 더 잘했다. 활동적이고 리더십 있는 그녀가 친구도 훨씬 많았다. 내가 그녀의 남자 친구인 것을 이해 못하는 남들의 수군거림은 둘째 치고 항상 나를 숨 막히게 짓누르고 있었던, 혼자서 느끼던 열등감은 언제나 나를 괴롭혔다.

그녀는 나에게 마치 전람회의 그림들과도 같았다. 크기가 크던 작던 전람회에 진열된 진짜 작품들 앞에 서면 내 자신이 한없이 작게 느껴진다. 사진이나 책에서 보는 그림들, 원작을 응용한 다른 미술 작품을 볼 때와는 너무나 다른 느낌이다. 그녀는 나에게, 신이 내려준 하나의 미술품이었다. 너무나 완벽하고 아름다운, 어느 곳 하나 고치고 손볼 곳 없는, 정말 완벽한 작품이었다.

나는 그림 그리기를 좋아했다. 아마도 내가 유일하게 그녀보다 뛰어났던 것은 미술적인 감각이 아니었을까 한다. 혼자 있을 때, 혹은 그녀와 같이 있으면서 노트의 빈 공간에 그녀의 모습을 그려 보곤 했다. 그러다 보니 여기저기, 내 노트의 페이지들을 그녀의 모습이 빼곡히 채우기 시작했고, 그 그림들을 보며 기뻐하는 그녀의 모습을 보는 것이 몇 되지 않는 내 즐거움 중 하나이기도 했다. 어느 날 그녀가 내게 말했다.

"내가 실제로 입고 있는 옷보다 네가 그린 옷들이 더 예쁘다. 어떻게 그럴 수 있지?"

그 순간 나는 깨달았다. 나의 모든 것을 쏟아 부어야 할 자리가 어디인지, 어떻게 하면 이 열등감과 자학적인 기분에서 벗어날 수 있을지를. 그날 나는 의상 디자이너가 되기로 결심했다.

'학교 공부 따윈 필요 없다. 성공한 디자이너가 되어 그녀 앞에 나타나는 거다. 그러면 나도 누가 봐도 그녀와 어울리는 사람이 될 수 있겠지.'

그렇게 생각하고 나는 일단 그녀와 거리를 두기로 결정했다. 한시적인 이별의 결정이다. 졸업식 날이었다. 나는 내가 생각하고 느끼는 모든 것을 그녀에게 설명했다. 그리고 간절하게 부탁했다. 그녀는 울고 있었지만, 이별을 받아들였다.

/

나는 노력했다. 감각을 키우고, 기술을 익히고, 인맥을 관리하고, 그 누구보다도 열심히 공부하고 일했다. 하지만 자기 전에 하는 생각은 언제나 그녀에 관한 것이었다. 내 기억 속의, 상상 속의 그녀는 마치 성모 마리아의 모습처럼 고귀했다. 필리피노 리피가 그린 마돈나도, 보티첼리의 비너스도, 내가 매일 꿈꾸는 그녀에 비하면 초라했다. 후일 다시 그녀 앞에 서서 그녀를 바라보게 된다면, 책에서나 보던 명화를 미술관에 직접 가서 보는 것처럼 감격스러울 것 같았다.

노력의 보람이 있었는지 내 가게를 열었고, 나는 점점 더 유명한 디자이너로 알려지게 되었다. 내 고객 중에는 유명한 연예인도 많았다. 당연히 나를 따르는 여자들도 많이 생겨났고, 나는 그들과 교제를 했다. 하지만 하루도 잊은 적 없었던 학창 시절의 그녀 때문에 그 어느 여자와도 가정을 꾸리지는 않았다.

무언가 더 깊은 관계, 결혼을 원하는 여자라면 이내 헤어졌다. 그러고는 생각했다. 지금이라면 내가 그녀를 다시 만나도 되겠다고, 연락을 하고 찾아가야겠다고. 그러던 중 오랜 친구에게서 연락이 왔다. 그녀가 결혼한다고 했다. 충격으로 몸이 떨렸다. 위스키 한 병을 단숨에 들이켜고, 변기에 머리를 처박고는 토사물과 눈물과 콧물로 범벅이 된 채 오열했다.

/

그 후로 몇 년. 바로 오늘 옛 친구들과의 이 술자리에 그녀가 나타났다. 우리 둘은 어색하게 재회의 인사를 했다. 술잔을 기울이며 왁자지껄, 친구들과 옛날이야기를 하면서도 나는 계속 그녀를 보고 있었다.

시끄러운 단체 관광객들이 루브르 박물관을 헤집고 다녀도 모나리자의 미소만은 항상 그대로 이듯, 그녀의 아름다움에는 변함이 없었다. 손가락에서는 결혼반지가 반짝반짝 빛나고 있었지만, 그녀는 그보다 더 반짝거리는 눈빛으로 나를 보고 있었다.

친구들이 슬슬 일어나기 시작했다. 2차로 갈 술집을 정하기 위해 의미 없는 논쟁을 하며 다들 낄낄 거릴 때다. 술집을 빠져 나오는 계단에서 그녀의 손을 잡고 말했다.

"사실 내 마음은 오래 전부터 지금까지 쭉… 계속 너를 만나고 싶었어. 지금 너하고 단 둘이서 얘기하고 싶다."

이렇게 말한 후에 무심코 나는 그녀를 끌어안고 있었다. 도대체 무엇을 기대하고 있었던 것인가?

"나도 보고 싶었어. 오늘은 집에 들어가지 않을래."

그녀는 알 수 없는 미소를 짓고는 도발적으로 내게 키스를 했다. 그런데… 이건 아니다. 가까이에서 본 그녀의 얼굴은 내가 하루도 빼놓지 않고 떠올렸던 그 모습이 아니었다. 그저 사랑에 굶주린 한 나이든 여자의 얼굴이었다. 내가 상상해 왔던 그녀의 모습은 어디에도 없었다. 내 마음은 단번에 찬물을 끼얹은 주물처럼 딱딱해졌다. 나는 말없이 건물을 나와 택시를 잡았다. 그리고 그녀를 집으로 돌려보냈다.

난 혼자서 이별을 결정했었고, 오랜 시간 제멋대로 환상을 품었고, 이제 와서 마음대로 환멸을 느꼈다. 나는 우스울 정도로 내 멋대로이다.

/

집으로 돌아와 무심코 라디오를 틀었다. 오케스트라가 연주하는 무소르그스키의 전람회의 그림. 딱히 클래식을 즐겨 듣는 건 아니지만 전람회의 그림이라는 제목에 끌려서 이 곡을 듣게 되었다. 피아노 솔로의 원작을 주로 들었는데 나중에 알게 된 오케스트라 편곡 버전은 왠지 마음에 와 닿지 않았다. 원작을 무시하고 작품의 여기저기를 마음대로 칠하고 잘라내 버린 느낌. 그런데 오늘은 뭔가 새롭다. 역시 나는 피아노 연주를 더 좋아하지만, 오늘 오케스트라 편곡의 연주를 듣고 있자니… 왠지 변해 버린 그녀 같다.

이제부터 자기 전, 그녀의 아름다운 옛 모습이 떠오르면 이 오케스트라의 연주를 들으리라. 이제는 존재하지 않는 그녀의 옛 모습을 내 기억에서 지울 수 있을 것 같다.

오늘은 다시 한 번 그녀를 떠나보낸 날. 지금 듣고 있는 무소르그스키의 전람회의 그림은 퍽이나 특별하다.

22

비

composed by 쇼팽 Frédéric Chopin

title 빗방울 전주곡 Prelude Op. 28, No. 15 "Rain Drop"

일 년 전 그날도 비가 내렸다. 소리 없이 내리는 비, 마치 하늘이 조용히 흐느끼는 것처럼 하루 종일 대지를 적셨다. 내 눈물도 내 얼굴을, 조용하게 그리고 끊임없이 적셨다.

/

아무도 없는 카페의 스피커에서 쏟아내는, 잿빛 하늘과 어울리지 않는 레게리듬이 연신 내 귓전을 때렸다. 그가 떠나간단다. 음악이 시끄러워서 그 말을 못 들은 척하기는 쉬웠다. 몇 번이고 되물었다. 지금 뭐라고 하는 거냐고, 잘 안 들린다고.

하지만 내 부질없는 수작은 더 이상 통하지 않았다. 헤어지잖다. 가슴이 쿵쾅거리기 시작했다. 요사이 뭔가 우울해 보였던 그다. 부쩍 말수도 줄었고, 같이 있어도 항상 슬픈 표정이었다. 이상하다고는 느껴 왔지만 그냥 날씨 탓이려니 했다. 애써 다가오는 이별의 느낌을 부정하고 싶었던 거다.

하지만 지금, 하필 이렇게 온 세상이 회색으로 물든 날, 이별을 통보받았다. 어떻게 반응해야 할지 모르는 내 심장은 당장이라도 튀어나올 듯 뛰기 시작했고, 내 귀를 때리는 무자비한 레게 비트는 아무런 도움도 되지 않았다.

"여기 제발 음악 좀 꺼 주세요!"

내가 소리쳤다. 아무도 내 외침을 듣지 않는 듯했다. 난 지체하지 않고 카운터로 달려갔다. 형형색색의 빛을 야속하게 발하며 음악을 틀어 내는 스테레오를 발견하고, 스위치를 끌 것도 없이, 바닥의 전원 콘센트를 단숨에 뽑아 버렸다.

갑자기 적막이 흘렀다. 음악이 멈췄지만 뭐라고 할 사람은 없었다. 마치 지금의 나를, 실연에 직면한 내 처참한 모습을 비웃기라도 하듯 아무도 나오지 않았다. 나는 숨을 고르고 자리로 돌아갔다. 조용하게 다시 한 번 이야기를 해 봐야지. 어쩌면 시끄러운 음악 때문에 정말로 잘못 들은 걸 수도 있어. 진심이 아닐 수도 있어. 마음을 가라앉히며 천천히, 아주 천천히 자리로 돌아갔다.
그가 없었다. 그 텅 빈 카페에, 이제 적막이 흐르는 그 카페에는 나 혼자 남았다. 저 멀리 창밖으로 빗속을 뚫고 달려가는 그가 보였다. 쫓아갈 기력도 없었고, 조용히 앉아서 기다릴 평정심도 없었다. 그저 소리죽여 울었다. 소리 없이 내리는 비와 음악이 멎어버린 그 적막한 카페가 내 울음을 고스란히 받아주었다.

/

일 년 만에 다시 찾아왔다. 그날처럼 오늘도 비가 내린다.
오늘은 쇼팽이 흐르고 있다. 빗방울 전주곡.
비오는 날, 집을 나가 돌아오지 않는 연인 상드를 기다리며 썼다는 그 곡.
일 년 전 그날의 음악이 쇼팽이었으면 좋았을 뻔했다.
그랬다면 조금은 차분하게 그를 기다릴 수도 있었을 것 같다.

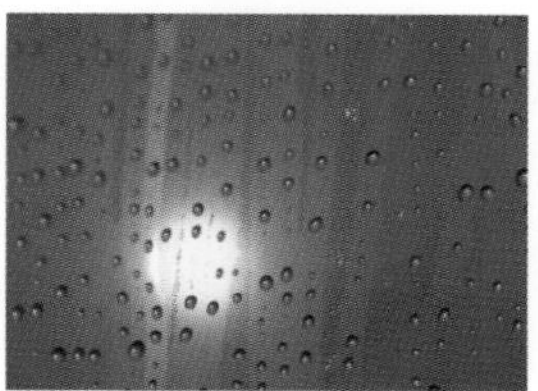

오늘은… 기다릴 사람이 없다.

23
미안하다는 말

composed by 라벨 Maurice Ravel
title 단두대 Gaspard de la nuit, Trois poèmes pour piano d'après Aloysius Bertrand, "Le gibet"

미안해.

많이 아껴 주지 못해서
널 존중해 주지 못해서
내가 이기적이어서
나의 사랑이 부족해서
조금 더 배려해 주지 못해서
너의 마음을 헤아리지 못해서
네가 얼마나 힘든지 알아주지 못해서
너를 아프게 해서
네가 아픈 걸 알면서 모른 척해서
나를 필요로 할 때 멀리 있어서
그런 네 마음을 무시해서
네가 날 좋아하는 만큼 널 좋아해 주지 못해서
내가 이정도 밖에 안 되어서
약속을 지키지 못해서
끝까지 같이 있어 주지 못해서
네게 많은 거짓말을 해서
지금 미안하다는 말만 해서
이럴 때 헤어지자고 해서
이렇게 떠나야만 해서
미안해.

그리고… 너무 잔인한 말이 될 것 같아서
네가 아닌 다른 사람을
사랑하게 되었다는 말을 하지 않은 것도
미안해.

/

아무짝에 소용없는 구질구질한 사과보다 가장 중요한
말 한 마디만 제때에 솔직하게 하는 것이 덜 잔인한 거다.
잔인하고 싶지 않은 사람은 파리 한 마리를 죽여도
빠르게 한 번에 잡는다. 죽여야만 한다면,
굶겨 죽이지 말고 단두대를 택하라.

잔인하게 미안해하지 말고….

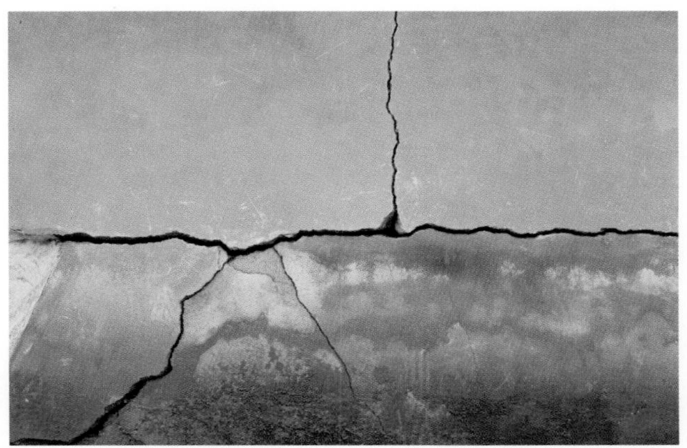

24 사랑의 유통 기한

composed by 베버 Carl Maria von Weber
title 무도회의 권유 Aufforderung zum Tanz, Op. 65

그녀는 정말 슬퍼 보였다. 내일이면 가족과 함께 이민을 간다. 하루가 멀다 하고 만나던 나를 더 이상 만날 수가 없다. 자주 편지를 쓰겠다고, 전화를 하겠다고, 절대 변하지 말라고… 별로 진지하게 응해 주지도 않는 나를 향해 마치 마법사가 주문을 걸듯 반복해서 읊조린다. 나는 속으로 생각한다. 사랑에도 유통 기한이 있다고. 그러니 지금, 이 이별의 아픔은 값진 거라고. 그 아픔을 아름답게 승화시켜서 삶의 거름으로 삼아야 한다고.

혼자 피식 웃는다. 난 참으로 나쁜 놈이다. 지금 이 상황에서 이런 생각을 하다니. 하지만 정말로 그렇다. 이별의 아픔을 이겨 내면 더욱 성숙한 사람이 될 수 있을 거라 믿는다. 최소한 제 3자의 입장에서 본다면 말이다.
물론 나도 그녀를 좋아하지 않았던 건 아니다. 한때는 내가 더 좋아했던 것 같기도 하다. 나이 차이는 많았지만, 그로 인한 갭을 느껴 본 적은 없다. 물론 나 혼자 그렇게 생각한 것도 아닌 듯하다. 그녀는 정말로 나를 좋아했다. 또래의 남자 아이들과 있는 것보다 훨씬 재미있다는 말을 입버릇처럼 했다. 나는 왠지 그녀의 그런 말이 믿기지 않았지만, 별로 상관

하지는 않았다. 나도 그녀가 좋았고, 그녀도 항상 날 필요로 했으며 우리는 그렇게 같이 있는 시간들을 아끼고 사랑했다. 그녀는 심지어 함께 살고 싶다고 진지하게 이야기하기도 했지만, 그건 내가 원하는 일이 아니었다. 동거 생활에 특별히 거부감이 있는 것도 아니고, 매일 그녀와 같이 있는 것이 싫은 것도 아니었다. 하지만 나는 그녀가 동거를 하거나, 더 나아가 결혼까지 하게 될 남자는 따로 있다고 느꼈다. 아무리 그녀가 나를 사랑해도 나는 그녀의 남자가 될 수는 없다고 생각했다. 그렇게 나는 점점, 시간이 흐르면서 점점 더, 그녀에 대해 흥미를 잃어 갔다.

베버가 작곡한 〈무도회의 권유〉라는 피아노곡이 있다. 한 남자가 무도회에서 어느 여성에게 춤을 같이 추자고 제안하면 그 여자는 화답하며 일어나 함께 춤을 춘다는 내용이다. 딱히 내가 즐겨 듣는 곡은 아니지만 이 곡의 마지막 부분, 정확하게 말해서 곡을 끝맺는 종지부의 쓸쓸한 느낌은 아주 마음에 든다.

단지 그 마지막을 느끼기 위해서 가끔, 이 무도회의 권유를 듣곤 한다. 음악사적으로 보면 낭만주의 음악의 장을 연 획기적인 음악이라고도 하던데… 그런 건 어찌 되었든 상관없고, 나에게는 다른 사람들의 감상이나 평가와는 다른 느낌이 있는 것이다.

간단하게 이야기하자면… 무도회라는 건 끝나기 마련이라는 사실이다. 처음 만나 수줍게 인사를 나누고, 우아하게 춤을 권유하고, 같이 춤을 추다 보면 호흡이 닿거나, 스킨십이 생기고, 그로 인해 무언가 야릇하고 진한 감정이 생길 수도

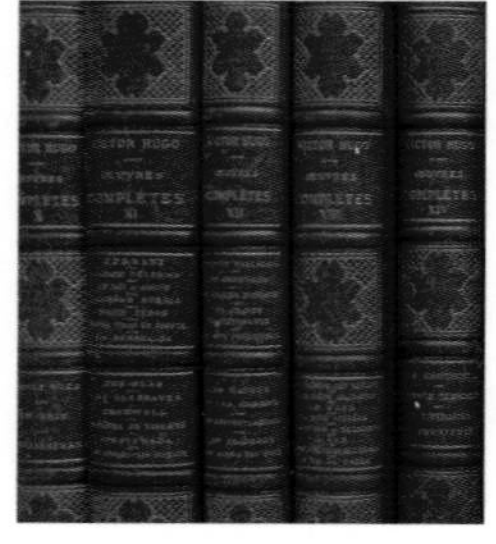

있지만… 음악이 끝나면서 춤도 끝나고, 무도회가 끝나면서 그 잠시의 야릇함도 사라질 거다. 안녕, 서로 인사를 나누고 집으로 돌아가면 그뿐이다.

베버라는 사람은 화려한 끝맺음이 아닌, 조용하고 쓸쓸한 코다로 곡을 마무리 지었다. 아! 정말 천재적이다. 춤곡답게 화려한 중간 부분의 리듬을 무색하게 만드는, 왠지 모르게 허전한 엔딩이야말로 진정 이 곡의 백미라고 여겨진다. 최소한 '나'라는 잔인하도록 친절한 사람한테는 말이다.

그녀가 비행기에 몸을 실으면 난 편지를 쓸 거다. 이별 편지다. 그리고 전화번호를 바꾸고, 연락을 완전히 끊을 작정이다. 사랑에도 유통 기한이 있다. 유통 기한이 지난 음식을 먹으면 탈이 나듯이 유통 기한이 지난 사랑도 다른 병의 원인이 될 수 있다. 나는 이제 그녀에게 그걸 친절하게 가르치려 한다.

무도회는 끝이 났다. 이제 각자 집으로 가자.

Shrigleys

to

Lockett.

Requisitions

answers on

25

식은 커피

composed by 라벨 Maurice Ravel

title 물의 요정 Gaspard de la nuit, Trois poèmes pour piano d'après Aloysius Bertrand, "Ondine"

따르릉. 단잠을 자고 있는 이른 아침,

휴대폰에 뜨는 이름은 오래된 남친의 '자작' 애칭.

쳇! 아침부터 전화 좀 안 하면 안 되나?

졸려…

이 웃기지도 않은 별명은 확 지워버리고 싶네.

받을까 말까…

에이, 한번 받아주고 또 자자. 안 그러면 계속 전화할 거야.

/

"일어났어? 잘 잤어?"

"…."

"왜 아무 말도 없지? 아직 자는 거야?"

"응… 졸려."

"우리 오랜만에 주말여행 갈래? 월요일에 휴가를 쓰면

3박 4일이 가능해. 둘이 자동차로 떠나는 정처 없는 여행,

어때? 목적지 없이 발길 닿는 대로 일주하는 거지.

아니면 미리 장소를 정해서 서해와 남해, 동해까지!

바다를 싹 다 보고 올까?"

"…."

/

여행 가면 보나마나 손잡고 걸으려 할 테고,
하루 종일 지루한 얘기를 늘어놓을 테고,
밤이 되면 성가시게 할 테고, 같은 침대에서 자야 할 테고…
아! 정말 피곤해.
"여행 좋은데… 너무 힘들지 않을까? 그리고 나 주말에
공부할 게 좀 있어서… 참! 그러지 말고
우리 일요일에 공연이나 보러 가자."
공연이나 영화는 그나마 낫다.
어차피 사람들 많은 곳이니
유난스레 살이 맞닿을 일도 별로 없을 거다.
난 그냥 음악이나 영화에 집중하면 된다.
공연이 끝나면 너무 피곤하다는 말을 남기고 집으로 슝~!
어휴. 3년 전, 처음 만났을 때의 그 느낌은 다 어디로 갔는지…
이젠 커피 한 잔 시켜서 함께 마시는 것도 너무 싫어.
그냥 두 잔 주문해서 따로 마시면 되는데 언제나
한 잔씩 두 번을 시킨다.
그래야 따뜻한 커피를 마실 수 있다나 뭐라나 하면서….

"그럼 우리는 여행은 언제 가냐? 흠… 그런데 무슨 공연 보러 가자고?"

"피아노 독주회야. 내가 좋아하는 라벨의 〈밤의 가스파르〉가 프로그램에 들어 있더라고."

"…."

/

이번엔 남친이 말이 없네. 뭐, 어차피 내가 하고 싶은 대로 하겠지. 내 말은 잘 듣는 사람이니까.

하지만 이젠 정말 재미없다고. 내가 변한 게 꼭 내 탓이라고는 할 수 없다.

3년 전의 나는 정상이 아니었나봐.

이렇게 말도 안 통하고, 재미도 없고, 따분하기 짝이 없는 남자를 나는 왜 대체….

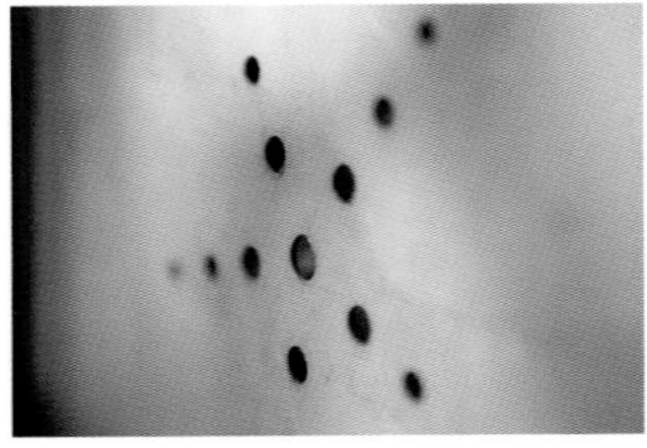

"그 공연 꼭 보고 싶은 거야?"
"응. 금요일, 토요일 열심히 공부하고 일요일에
공연 보고 리프레시!"
사실 공부 따위, 할 계획 없다. 주말에 친구들이
아는 오빠들이랑 파티를 한다는데
그걸 놓칠 수 없으니까. 사실 그날 오게 될 오빠들 중
한 사람이 나에게 마음이
있는 것 같아 보인다. 나도 왠지 그 사람을 만나면 설레고….
"그 라벨의 밤의… 뭐? 그게 무슨 곡인데?"
"밤의 가! 스! 파! 르! 설명하면 오빠가 알까? 뭐냐면
모리스 라벨이 알로이쥬 베르트랑의
시를 읽고 영감을 얻어서 쓴 곡인데 정말 화려하고,
신비롭고, 몽환적인 피아노곡이야.
어쨌든 진짜 멋있어. 미리 좀 들어보고 가던가."
"어… 그… 그래."

/

밤의 가스파르. 아주 어려운 곡이지. 나도 이해하기 힘든데
저 아저씨가 알 리가 없어.
난 그중에 첫 곡인 물의 요정을 참 좋아한다.
조금 어렵지만… 듣고 있으면
내가 마법의 세계로 빠져 들어가는 듯한 착각을 하게
되는 음악이니까.
밤의 아름다움을 노래했다기보다 기괴한 밤이라고
하는 게 더 어울릴 듯.
그래, 딱 내 스타일! 라벨이 사용한 화성은 정말 차가워.
만약 누군가 북극 하늘의
오로라를 산산조각 낼 수 있다면 바로 이런 소리가
들릴 거라 상상하게 만들지.
복잡하기는 또 얼마나 복잡한지, 마치…
여자의 마음 같아. 아니, 요정의 마음이랄까?
그것도 아니다. 요정과도 같은 나의 마음이랄까?

sensitive,

complicated,

fragile!

이런 게 바로 여자의 마음이란 걸 저 둔한 형씨가 이해할 리 없지.

그 정도로 퀄리티 있는 남자였다면 내가 지금 이렇게 변했겠어?

“오빠, 나 졸리니까 조금 더 잘게. 나중에 다시 전화해요.”

“자기야 일어나~! 지금이 몇 신데 그래. 어제 내가 마시다 두고 간 커피 있지?

그거라도 쭉 들이키면 잠이 깰 거야.”

뭐? 저걸 마시라고? 지금 새 커피를 사 가지고 뛰어오지는 못할망정?

“어… 나, 잘게.”

“아니, 그런데….”

앗! 뭔가 말하려는 거 같았는데 전화를 끊어 버렸다. 히힛!

할 수 없지, 뭐.

어차피 별로 중요한 얘기도 아닐 거야.

오늘은 하루 종일 전화 받지 말아야지.

그리고 사실, 이럴 때 딱 끊어 주는 게 좋아. 이런 식으로
점점 뜸하게 연락하고,
조금씩 더 심하게, 그러다 어느 순간부터
아주 쿨 하게 대해 주는 거지.
그러면 무지하게 화를 내겠지? 화내기만 해봐.
곧바로 이, 별, 통, 보.

그것도 아니면 제풀에 못 이겨서 떨어져 나가겠지.

뭐, 여튼 그러면 땡큐!

잠은 다 잤네. 요정처럼 예쁘게 하고 나가서

완전 우아하게 따뜻한 아메리카노 한 잔 사 마셔야겠어.

어제 마시다 남은 식은 커피?

칫! 갖다 버리는 것조차 귀찮아.

26 말 돌리기

composed by 모차르트 Wolfgang Amadeus Mozart
title 터키 행진곡 Sonata K. 331, 3rd Mov. Rondo, Alla Turca

"어젯밤에 뭐했어?"

"일찍 잤어. 너무 피곤해서. 그래서 오빠 전화 못 받은 거야."

"피곤해서 여덟 시부터 아침까지 잤다고? 그걸 누가 믿어?
솔직하게 말해 봐. 뭐했어?"

"정말이라니까. 나 어제 얼마나 피곤했는데.
아침에 일찍 일어나고, 낮에 계속 바빴고…
참! 어제 큰일이 있었어."

"왜? 뭐가 또 큰일이야?"

"어제 엄마 네 토토가 너무 아팠대."

"그래서?"

"갑자기 토하고 난리가 나서 너무 놀라셨어.
그래서 급하게 동물병원에…."

"그래서?"

"그래서 뭐… 주사 맞고, 조금 괜찮아졌나봐."

"그게 뭐 그리 큰일이라고 지금 이 중요한 얘기를 끊는 거야?"

"무슨 얘기?"

"어젯밤에 어디서 뭐했냐니까?"

"아… 난 또 뭐라고. 그냥 잤다고 했잖아."

"가만 놔두면 새벽 세 시까지도 안 자는 네가 여덟 시부터 잤다고? 그 말을 누가 믿을까?"

"잠깐만. 잠깐만 있어봐. 나 급하게 전화할 데가 있어서… 여보세요? 언니! 집에 있어? 있잖아. 내가 아침에 세탁기 돌려놓고 안 널고 그냥 나와서… 정말? 언니가 널어 줬어? 고마워, 고마워. 나 금방 들어갈 거야. 끊어. 오빠 됐다. 오빠 있잖아, 전에 오빠가 사준 티셔츠 기억나? 그거 오늘 빨려고 세탁기 돌렸는데 그냥 나왔지, 뭐야. 하마터면 세탁기 안에서 그냥 냄새나게 쉬어 버릴 뻔했는데 언니가 널어 줬대. 다행이지? 그치?"

"너… 어제 어디서 누구랑 뭐하고 놀았어?
바른대로 얘기 안 할 거야?"

"아이, 정말 왜 그렇게 못 믿을까? 우리 떡볶이 먹을까?
저기 보이는 분식집 있지? 저기 떡볶이 죽음이야.
정말 맛있어."

"나 배 하나도 안 고파. 지금 갑자기 무슨 떡볶이 타령이야?"

"내가 떡볶이 좋아하는 거 알면서 왜 그래?
우리 먹으러 가자."

"마지막으로 좋은 말로 물어본다. 어제 어디서 누구랑
무슨 짓하고 노느라 내 전화 안 받았지? 문자에 답도 없고?"

"어제 나 정말로 쓰러져서 잤거든? 왜 안 믿는 거야?
내가 아무리 피곤해도 잠 안 자고 무리하다가 엄마 네
토토처럼 토하고 난리 나서 병원에 실려 가면 좋겠어?"

“정말 사람 화나게 하네. 네가 그럴 리가 없자나? 네가 일을 해봐야 몇 시간이나 해? 그리고 왜 그렇게 자꾸 말을 돌리는 거야? 그러니까 더 이상하잖아. 좀 진지하게 내가 하는 말에 대답할 수 없어? 그리고 너는….”

“앗! 오빠! 벌써 시간이 이렇게 됐네. 떡볶이 먹으러 가는 것도 싫다 하고, 언니도 집에서 기다리고… 나 집에 갈게. 이따 전화해. 오늘은 전화 꼭 받을게. 택시~~~!”

/

론도라, 하면 세 개 이상의 주제를 계속 순환시키면서 곡을 전개하는 악곡 형식을 말한다. 그중 첫 주제가 가장 중요하고 또 가장 여러 번 반복되는 주제이다. 우리가 알고 있는 모차르트의 터키 행진곡은 바로 이런 론도 형식으로 작곡되었다.

사실 행진곡이라는 말이 그렇게 어울리는 곡은 아니다. 왜냐하면 가장 중요하다고 할 수 있는 첫 주제는 행진곡의 느낌이 아니고, 가끔 나오는 세 번째 주제만이 행진곡 풍의 리듬인데, 이 제3 주제의 리듬과 멜로디는 악곡 전개상 아주 부수적인 부분에 불과하기 때문이다.

/

재미있는 건… 살다 보면 론도 같은 일들도 심심찮게 겪을 수 있다는 거다.

27
사랑하는가
집착하는가

composed by 슈만 Robert Schumann
title 아라베스크 Arabeske, Op. 18

C는 '클라라'라는 이름의 첫 알파벳이다. 슈만이 평생 사랑했던 여인 클라라. 이 클라라를 상징하는 C음은 슈만의 피아노 소품 아라베스크의 가장 중요한 음이라고 할 수 있다. 시작부터 끝까지, 마치 클라라의 이름을 안타깝게 되뇌어 부르듯, 이 C음이 반복된다. 다른 패시지와 변주로 넘어가려는 듯하다가도 어김없이 클라라의 C음으로 돌아온다. 이쯤 되면 집착이라고 해도 무방할 정도다.

/

슈만은 일찍이 피아니스트로서의 꿈을 접었다. 손가락의 문제는 차치하고라도 분명, 연주가의 길보다는 작곡가의 길이 그에게는 어울리는 듯했다.
연주는 끝나면 사라지지만, 작품은 불멸한다고 믿었다. 그는 클라라의 아름다운 두 눈을 들여다보고 나서 완전히 그녀에게 빠지고 말았다고 고백한다.

클라라는 촉망받는 피아니스트였다. 피아니스트의 꿈을 접은 슈만에게 클라라는 자신의 반쪽을 채워 줄 완벽한 여인이었다. 그 둘은 그렇게 해서 결합하게 되었고, 단순한 부부로서 뿐만 아니라, 세상 끝 날까지 예술적 동반자로 남게 된다.
슈만 사후에 미출판 곡들을 정리하던 클라라는 그 모든 곡들을 출판하자는 출판사의 제의를 단호하게 물리친다. 미완성의 곡들 중에는 연주가 불가능한 곡들, 완성된 작품으로 볼 수 없는 곡들도 많았다. 작곡가이기도 했던 클라라는 그 미완성 작품들을 고치고, 보완할 능력이 있었다.
쉽게 악보를 완성해서 출판사에 팔아버리면 간단한 일이었지만, 그녀는 남편의 명예를 위해서 혹은 예술가의 마지막 자존심을 위해서 그 많은 곡들을 출판하지 않았다. 심지어 영원히 폐기해 버린 곡도 있다고 한다. 이것은 클라라가 예술가 남편을 지키는 방법이었을 거다.

집착과 사랑은 어떻게 구별하는가. 어쩌면 집착과 사랑은 떼려야 뗄 수 없는 관계의 단어일 수도 있다. 사랑하기 때문에 집착하는 것이다. 하지만 한 가지 확실한 것은 집착하기 때문에 사랑하는 거라고 말할 수는 없다는 것이다. 지나친 소유욕은 사랑과 관계없이도 표출될 수 있다.

물론, 사랑하기 때문에 소유하고 싶어지는 것이겠지만, 그게 심해지면 자신의 손아귀에서 상대방이 조금이라도 벗어나는 것을 절대 참지 못하는, 이른바 병적인 상황으로 발전하는 것일 거다. 그러니까 상대방이 자신에게 얼마나 중요한 존재인가를 생각하기 전에 상대방을 내가 컨트롤할 수 있는지, 아닌지를 먼저 생각하게 되는 것이다.

병적인 집착에는 항상 원칙이 있다. 그리고 그 원칙을 벗어나면 아무리 작은 일이라도 그것 자체가 큰 문제가 된다.

병적인 집착은 매우 체계적이다. 맹목적이기보다는 논리적이고, 상대방에 대한 감시나 의존이 의무적이고 절대적이 된다. 서로의 사랑을 확인하는 시간보다 자신이 상대방의 일거수일투족을 만족스러워 하는지 아닌지 평가하는 시간이 더 많아진다. 결국 상대방이 어떤 사람인지, 얼마나 그 사람을 위하고 원하는지와 관계없이 그 사람의 행동이 내가 정한 영역과 규범에 맞아야 한다고 생각하게 되는 것이다.

우리는 사랑하고 있는가, 아니면 집착하고 있는가.

슈만과 클라라의 예술을 통한 아름다운 집착을 떠올리면서 다시 한 번 생각해 볼 일이다. 그 생각이 슈만의 C음을 몇 번이고 반복해서 들으면서라면 더더욱 좋겠다.

N° 2334.

N° 25.

St Lanne.

Quittance.

en 7 juin 1864 [illegible] Louit.

Par devant Me Lasserre notaire à la résidence de [illegible] soussigné
département des Hautes-Pyrénées et les témoins
après nommés

fut présente

Marie Daurellan couturière domiciliée
à St Lanne, héritière pour moitié dans la succession de
Marie Anne Ducuron sa mère

Laquelle reconnaît avoir reçu en espèces
ayant cours de monnaie partie avant ces présentes
et partie à la vue du notaire et témoins soussignés

du Sr Pierre Adrien Louit [illegible] tailleur
d'habits domicilié à St Lanne, qui paie de ses deniers
en l'acquit décharge et libération de Marie Anne
Ducuron son épouse, et de Jean Ducuron son beau-
frère

La somme de onze cent quarante francs qua-
rante neuf centimes, composée savoir 1° de onze cent trente
un francs six centimes de principal dûe à la compa-
rante pour le solde et final paiement de la restitution [illegible]
auxquels lesdits Jean et Marie-Anne Ducuron avaient
été condamnés, par jugement du tribunal de Tarbes
sous la date du vingt six juin mil huit cent trente
deux, ladite restitution fixée par le partage passé devant
Me [illegible] notaire à Larreule, le vingt six novembre
[illegible] enregistré

2° celle de neuf francs quarante trois centimes
pour intérêts de la somme ci-dessus, courus depuis
la date du partage, jusqu'à ce jour

de laquelle entière somme ladite Marie Daure-
consent quittance expliquant qu'au moyen de ce
paiement, elle n'aura plus rien à réclamer [illegible]

08 야상곡 7번 8 Nocturnes, FP 56, VII. Assez allant

composed by 풀랑크 Francis Poulenc Piano 치하루 아이자와 Chiharu Aizawa

프랑스의 작곡가이자 피아니스트인 풀랑크의 야상곡으로 프랑스적인 세련미와 우아하고 섬세한 감성이 일체가 된 음악이다.

09 짐노페디 1번 Gymnopédie No. 1

composed by 사티 Erik Satie Piano 듀오 비비드 Duo VIVID

1888년에 작곡되었으며 사티가 자주 찾던 몽마르트의 카바레에서 연주했던 곡. 라투르의 시 '오래된 것들'에서 영감을 받아 작곡했다고 한다.

10 환상곡 Fantasie in B minor, Op. 28

composed by 스크리아빈 Alexander Scriabin Piano 치하루 아이자와 Chiharu Aizawa

일찍부터 피아노의 수재로 인정받으며 젊은 나이에 이미 음악적으로나 경제적으로 성공을 거둔 피아니스트였던 스크리아빈이 1900년에 작곡한 곡이다.

11 강아지 왈츠 Valse Op. 64, No. 1

composed by 쇼팽 Frédéric Chopin Piano 박종훈

쇼팽의 왈츠 중 가장 유명한 곡으로 연인 조르주 상드가 기르고 있던 개가 꼬리를 붙잡으려고 빙글빙글 도는 모습을 음악으로 표현한 곡이다.

12 사랑의 꿈 Liebesträume No. 3, S.541

composed by 리스트 Franz Liszt Piano 박종훈

리스트가 1850년에 작곡한 이 작품은 독일의 혁명 시인 프라일리그라트의 서정시 '오, 사랑이여'의 한 편에 곡을 붙인 것으로 후에 피아노곡으로 편곡되어 가곡과 함께 유명해졌다. 모두 3곡이 있는데 현재는 제 3번인 이 곡이 가장 유명하고, 1번과 2번은 잊힌 상태이다.

13 터키 행진곡 Sonata K. 331, 3rd Mov. Rondo, Alla Turca

composed by 모차르트 Wolfgang Amadeus Mozart Piano 이경숙

본래의 제목인 '모차르트 피아노 소나타 K.331'보다 '터키 행진곡'으로 더 잘 알려져 있다. 모차르트는 터키풍이라고 했을 뿐인데 후대 사람들 사이에서 '터키 행진곡'으로 회자되었다.

14 아라베스크 Arabeske, Op. 18

composed by 슈만 Robert Schumann Piano 치하루 아이자와 Chiharu Aizawa

독일 낭만주의 시대 최고의 음악가로 꼽히는 슈만. 클라라와 결혼하기 위해서 경제적인 이유로 1838년 빈으로 떠나 머물면서 작곡한 곡이다.

15 이별곡 12 Etudes, Op. 10. No. 3

composed by 쇼팽 Frédéric Chopin Piano 박종훈

쇼팽이 조국을 떠나면서 그의 첫사랑 코스탄티아라에게 이별을 알리기 위해 연주한 곡이다.

SAD PIANO

01 새드 피아노 Sad Piano

composed by 더스티 피아노 Dusty Piano Piano 더스티 피아노 Dusty Piano

이 곡은 'Before Sunrise' 'Day Dream' 등으로 많은 사랑을 받고 있는 비밀스러운 아티스트 Dusty Piano의 음악으로 Dusty Piano가 직접 작곡하고, 연주한 곡이다. 슬픔을 간직하고 있는 피아노를 노래했다.

02 엘레지 Elegie, Op. 3, No. 1

composed by 라흐마니노프 Sergei Rachmaninoff Piano 치하루 아이자와 Chiharu Aizawa

라흐마니노프가 모스크바 음악원을 졸업한 다음 해인 1892년에 작곡한 곡이다. 이 곡집의 '제 2곡 전주곡 C# minor'에 의해 그는 일약 유명 인사가 되었다. 왼손으로 연주하는 분산화음 위에 애수가 깃들여진 선율이 흐른다.

03 4월 "설강화" The Seasons, Op. 37a, April "Snow Drop"

composed by 차이코프스키 Pyotr Ilich Tchaikovsky Piano 프세볼로드 드보르킨 Vsevolod Dvorkin

고독하고 우수에 젖은 한 평생을 살았던 러시아의 대 작곡가 차이코프스키가 자연의 사계절을 소재로 작곡한 피아노 독주곡 '사계' 중 4월. 드라마 '밀회'에도 삽입되었던 곡이다.

04 라 캄파넬라 6 Grandes études de Paganini, S. 141, No. 3 "La Campanella"

composed by 리스트 Franz Liszt Piano 박종훈

리스트의 피아노곡집 '파가니니에 의한 대 연습곡'에 수록된 6곡 중 3번째 곡으로 화려한 기교는 물론, 섬세한 감성까지 더한 작품으로 평가받고 있다. 6개의 수록곡 중에서 가장 유명한 곡으로 알려져 있다.

05 즉흥곡 1번 Impromptus Op.90, No.1

composed by 슈베르트 Franz Peter Schubert Piano 박종훈

슈베르트가 1827년에 작곡하였다. 형식에 얽매이지 않은 자유로운 구성으로 슈베르트 특유의 아름다운 멜로디를 지닌 것이 특징이다.

06 즉흥 환상곡 Fantasie-Impromptu, Op. posth. 66

composed by 쇼팽 Frédéric Chopin Piano 박종훈

쇼팽은 총 4곡의 즉흥곡을 남겼는데 그중 3개의 즉흥곡은 생전에 출판이 되었으나 마지막 즉흥곡은 출판을 허락하지 않았을 정도로 매우 아꼈다고 알려진다. 그 마지막 즉흥곡이 바로 여기 소개한 즉흥환상곡이다.

07 야상곡 "별거" Nocturne in F Minor "La Séparation"

composed by 글링카 Mikhail Glinka Piano 치하루 아이자와 Chiharu Aizawa

19세기 러시아 작곡가인 글링카는 가히, 러시아가 낳은 클래식 음악의 선구자라고 칭할 만하다. 여기 소개한 야상곡 "별거"는 멀리 상트페테르부르크로 떠난 여동생을 위해 작곡되었다.

28

인생의 간주곡

composed by 브람스 Johannes Brahms

title 인터메조(간주곡) Six Pieces for Piano, Op. 118, No. 2

시간은 속절없이 흐른다. 지금, 인생의 마지막 자락에 서서 드넓은 호수를 바라보는 그의 눈시울은 촉촉하다. 50년 전의 애틋한 기억도 그대로이고, 지금 눈앞에 펼쳐진 말없는 튠 호수도 변함이 없다. 그날 음악회에서 함께 들었던 곡 브람스의 〈인터메조〉, 어디선가 그 멜로디가 들려오는 듯도 하다. 길고 긴 인생의 짧은 간주곡 정도로 치부하기엔 그 기억이 너무 아프고 쓰리다. 그는 그녀와 마지막 키스를 했던 바로 그 호숫가 난간에 기대 서 있다. 가까운 곳에 다소곳이 앉아 있는 갈매기 한 마리는 마치 50년을 같은 자리에서 기다린 듯하다.

그에게 결혼이란 아무 의미 없는 요식 행위에 불과했다. 사랑하는 그녀를 위해서는 무엇이든 할 수 있다고 믿는 그였지만, 왜 지금 당장 결혼식을 올려야만 하는 건지는 이해할 수 없었다. 지극히 보수적인 가정에서 자라났다고는 하지만 그녀는 자유인이었다. 일을 할 때나 연애를 할 때나 보수적인 사고방식은 조금도 찾아볼 수 없던 그녀였다. 하지만 왜 지금, 결혼을 고집하는지.

그가 원하는 것은 단 하나였다. 그녀와 언제나 함께 있는 것, 같은 지붕 아래서 숨 쉬는 것, 아침에 눈을 떴을 때 그녀가 곁에 있는 것, 그런 것들. 그럼에도 불구하고 그는 결혼이라는 속박이 싫었다. 그녀가 아내가 아닌 연인으로 남기를 바랐다. 생애 가장 로맨틱한 여행이 될 거라는 기대 속에 그녀를 이 호숫가로 데리고 왔건만… 미래에 대한 이야기가 깊어질수록, 결혼에 대해서 이야기할수록, 그 아름답던 호수의 물빛은 거무튀튀하게만 보였다.

"이 튠 호수, 브람스가 자주 찾아왔던 곳이래. 혼자서 곡도 쓰고, 명상도 하고, 산책도 하면서 여기서 그 인터메조를 작곡했다더라. 아까 음악회에서 들었던 그 곡 말이야."

"평생 혼자 산 한심한 남자! 클라라 슈만을 짝사랑하고 흠모했다지만, 그건 그냥 핑계야. 젊었을 때 어울리는 사람을 찾아서 사랑하고, 결혼도 하고, 좀 더 안정되게 살았더라면 아마 좋은 곡을 더 많이 썼을 걸?"

"왜? 브람스의 음악이 뭐 어때서? 명곡이 얼마나 많은데!"

"명곡이면 뭐해. 칙칙하게 노총각 냄새 밖에 안 나는데. 난 말이야. 사랑한다면 결혼하는 게 맞다고 생각해."

브람스를 싫어하는 그녀는 그보다 여섯 살 연상이었다. 모든 면에서 어른스럽고 누나 같았지만, 그가 좋아하는 그녀의 모습은 그런 것이 아니었다. 그건 어찌되었던 상관없었다. 여자로서의 그녀를 사랑했고 또 아꼈다. 그녀는 그가 자신을 끔찍이 사랑한다는 것을 잘 알고 있었지만, 그게 언제까지일지 모르겠다는 불안한 마음 때문에 언제나 불안했다. 언제든 더 젊고 예쁜 여자가 나타나서 그를 채어 갈 수 있다고 생각하는 – 물론 그는 늘 말도 안 되는 일이라고 부정했지만 – 그녀의 바보 같지만 현실적인 걱정이 결혼이라는 수단으로 어느 정도 덜어질 수 있을 거라고 믿는 까닭이었다.

그렇게라도 하지 않으면 이 관계를 더 이상 견디기 힘들 것 같았다. 부모님의 결혼에 대한 독촉은 오히려 문제될 것이

없었다. 물론 결혼식 같은 것은 전혀 중요하지 않았지만, 그가 그녀의 남자라는 사실을 좀 더 확실하게 해 두고 싶은 것뿐이었다. 하지만 자존심이 허락하지 않아서, 구차한 모습의 자신을 보여주는 게 싫어서 의미 없는 원론적인 말만 되풀이할 뿐. 그에게 사정하고 애걸할 수도 없었다.

"결혼하지 않으면 헤어지겠다는 말… 진심이야?"

"진심이야. 그건 널 위해서도, 날 위해서도 진심이어야 해."

"여기 튠은 빙하가 녹아내려서 된 호수라서 물이 아주 차다는데… 물처럼 마음도 차가와졌구나."

"아니야. 내 마음은 차갑지 않아. 오히려 뜨거워. 뜨거워서 불타버릴 것 같아. 타버려서 사라질까 봐… 그게 두려운 거야."

"우리… 나중에 다시 여기에 올 수 있을까? 둘이 같이? 그 사랑이 다 타버리기 전에?"

"글쎄… 만약 내가… 브람스를 좋아할 수 있다면…."

/

둘은 더 이상 말이 없었다. 호숫가 난간에 몸을 기대고 키스했다. 대화는 차가웠지만, 둘의 포개진 입술은 그 무엇보다 뜨겁기만 했다. 튠 호수에서의 마지막 밤을 아니, 둘이 같이 보내는 마지막 밤을 그렇게 지새웠다. 몇 걸음 떨어진 곳에 다소곳이 앉아 있던 갈매기 한 마리만이 그들을 측은하게 바라보는 듯했다.

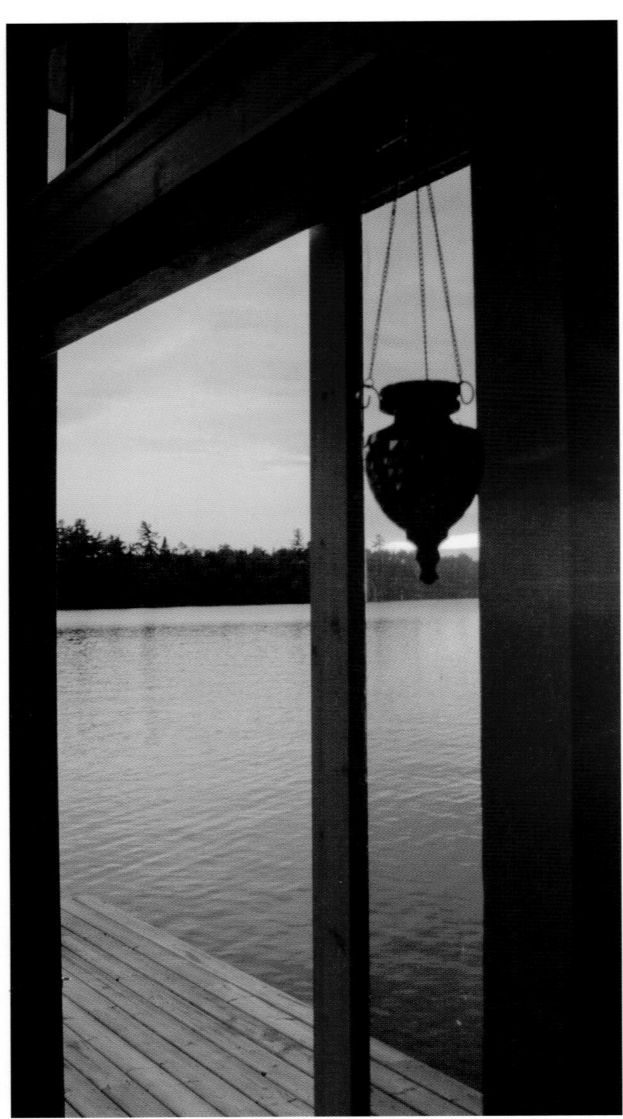

29

만남의 대가는 이별인가

composed by 쇼팽 Frédéric Chopin
title 이별의 왈츠 Valse Op. 69, No. 1

아무 것도 기대하지 않았던 로맨틱한 만남의 대가는 기약 없는 슬픈 이별이었을까?
곧 떠나야만 하는 열차 위에서의 마지막 키스는 눈물과 섞여 범벅이 되었다. 출발을 알리는 역무원의 호루라기 소리도, 사랑하는 이들과 작별을 나누는 왁자지껄한 소리도, 그저 받아들이기 힘든 이 순간의 무거운 공기를 더 견디기 어렵게 만들 뿐이었다. 눈물을 닦으며 열차 칸의 스텝을 내려오는 그도, 그저 태연한 척 애쓰며 손만 흔드는 그녀도, 이 화창한 날씨의 비엔나 역을 영원히 기억할 거라는 믿음 하나 말고는 아무것도 생각할 수 없었다.

불과 열흘 전만 해도 둘은 아무 인연 없는 사람들이었다. 아니, 불과 이틀 전까지만 해도 서로의 이름 외에 확실하게 아는 것이 없었다. 그의 긴 여행, 마지막 날. 두 사람은 비엔나에서 서로를 알게 되었다. 비엔나는 두 사람 모두에게 낯선 곳이었고, 그 둘은 서로에게 낯선 존재였지만 그저 그 하루, 둘이 함께한 시간들은 평생 간직할 기억으로 남게 되었다.
단 한 사람의 손님도 없이 텅 빈 레스토랑의 구석자리는 잠시나마 허락된 둘만의 공간이었고, 아무도 걷지 않던 한적한 뒷골목은 그 둘의 은밀한 속삭임을 위한 신의 선물 같았다.
한여름의 무자비한 햇살 아래 둘은 걷고 또 걸었다. 발걸음도, 둘의 이야기도 멈출 줄 몰랐다. 마치 시간이 그 둘 만을 위해 정지한 듯, 도나우 강가를 따라가며 보는 풍경은 한 폭의 그림 같았다. 하늘을 보면 하늘이 좋았고, 강물을 보면 강

물이 좋았다. 둘이 함께 보는 모든 것들이 아름다웠고, 그 아름다운 것들을 공유하는 일이 마냥 행복했다.

혼자면 맛이 없었을 아이스크림도 꿀맛 같았고, 지저분한 부랑자들마저 절친한 친구처럼 느껴졌다. 배가 고파도 참을 수 있었고, 배가 고프지 않아도 먹을 수 있었다. 하지만 영원할 것 같았던 그 달디 단 하루의 해는 어김없이 기울기 시작했다.

드넓은 쉔부른 궁전의 정원에서 둘은 저녁노을을 함께 바라보았다. 맞잡은 두 손에 땀이 차는 것도, 해가 기울면 이별이 기다리고 있다는 것도… 두 사람은 잘 알고 있었지만, 애써 잊으려 했다. 꼭 잡은 두 손만이 서로를 느끼고 있을 뿐, 더 이상의 말은 하지 않았다.

이제는 역으로 갈 시간. 잘츠부르크로 향하는 기차가 그녀를 기다리고 있다는 사실은 아름답기만 했던 비엔나의 모든 것들을, 이제는 황금빛으로 물든 고색창연한 건물들마다의 웅장한 벽을 원망의 눈으로 바라보게 만들었다.
길게 드리워지는 슈테판 성당의 그림자가 역으로 향하는 그 둘의 걸음을 독촉하는 듯했다. 기차 시간을 맞춰야 하는 그녀의 발걸음은 빨라졌지만, 기차에 오르는 그 순간까지도, 짧지만 행복했던 이 비엔나의 땅에서 발을 떼야 하는 그 마지막 순간까지도, 둘의 뜨거운 손은 떨어질 줄을 몰랐다.
곧 떠나야만 하는 열차 위에서의 마지막 키스는 눈물과 범벅이 되었다. 그녀는 가버리고 그는 남는다. 이제 기차가 떠나가면 언제가 다음이 될지 모르는데 둘은 아무런 약속도 하지 않았다. 터질 듯 아픈 가슴은 냉철한 머리를 짓눌러 버렸고 떨어질 줄 모르는 둘의 입술은 말을 뱉을 여유가 없었다. 출발을 알리는 역무원의 호루라기 소리가 그 둘을 떼어놓았고, 그는 어정쩡한 뒷걸음으로 기차의 스텝을 내려왔다. 그녀가 흔들던 손을 내리고 무언가 소리치려 할 때 그녀를 태운 잘츠부르크 행 기차는 이미 움직이기 시작했다. 그리고 잠깐의 머뭇거림도 없이 그렇게 매정하게 떠나버렸다. 알아들을 수 없는 독일어 역내 방송은 마치 이 화창한 날씨의 비엔나 역을 절대 잊지 말라고 주문하는 것만 같았다.

가슴 벅찬 만남과 가슴 찢어지는 이별이 한꺼번에 찾아왔다. 기대하지 않았던 로맨틱한 만남에 대한 대가는 기약 없는 슬픈 이별이었던가?

이별의 왈츠로 알려진 쇼팽의 Op. 69, No.1.

실제로 그의 연인이었던 마리아 보친스카와의 이별을 앞두고 작곡을 시작했다고 하는 이 짧고 슬픈 왈츠의 멜로디가 문득 떠오른다.

AGMEM
Katja ♥ Allu
AD+AB
IBAI
Dream

30

약속의 의미

composed by 쇼팽 Frédéric Chopin
title 이별곡 12 Etudes, Op. 10. No. 3

오래 전 파리 여행을 갔을 때다. 센 강을 가로지르는 어느 다리의 난간에 셀 수도 없이 많은 자물통들이 채워져 있는 것을 보았다. 하나하나의 그 자물쇠들에는 연인들의 이름과 하트가 그려져 있었다. 영원한 사랑을 위한 약속, 이 아름다운 다리에 그 징표를 남기고 싶었던 것일 거다. 그때는 그저, 프랑스 파리만의 풍속이려니 하고 생각했으나 웬걸, 훗날 서울 남산타워에서도 똑같은 사랑의 자물쇠들을 볼 수 있었다.

/

100여 년 전, 막 1차 세계대전이 시작되었을 무렵이었다. 세르비아 어느 시골의 여선생 '나다'는 같은 동네의 청년 '렐리아'와 사랑에 빠진다. 그 둘이 사랑의 불꽃을 활짝 피우기도 전, 렐리아는 멀리 그리스로 파병되고 만다. 그들은 이별에 앞서 서로의 사랑이 변치 않을 것을 굳게 약속하고 훗날을 기약하지만….

그리스로 간 렐리아는 그곳에서 새로 만난 여인과 새로운 사랑을 시작하고, 렐리아와 나다의 관계는 그대로 끝을 맺는다. 헤어짐의 충격에서 벗어나지 못하던 나다는 시름시름 앓다가 결국 세상을 떠나게 되고, 이 가슴 아픈 이야기는 세르비아의 다른 젊은 여성들에게 퍼져 나간다. 나다의 스토리가 자신의 스토리가 될 수도 있다고 느낀 세르비아의 젊은 처자들은 차갑고 투박한 자물쇠에 자신과 연인의 이름을 새긴 뒤 굳게 잠가 걸기 시작한다. 변치 않는 사랑, 영원한 사랑을 기원하면서.

그 다리가 바로 나다와 렐리아가 만나던 사랑의 다리이고, 이것이 지금은 세계 곳곳에서 찾아볼 수 있는 사랑의 자물쇠들의 기원이라고 한다. 단순하지만 절실한, 작지만 강렬한 이 약속들을 들여다보고 있자면 많은 생각과 의문과 애틋한 감정이 교차한다. 내 자신이 과거에 했던 약속들을 떠올리기도 하고, 이 숱한 연인들의 작지만 뜨거운 약속이며 기원 혹은 이별 같은 것을 상상하기도 한다.

/

끝까지 지켜진 약속은 몇이나 될까. 설령 둘 중 하나가 세상을 떠날 때까지 함께했다고 해도, 한 사람이 먼저 죽고 나면 결국 이별의 슬픔이란 비켜갈 수 없는 게 아닌가. 어쩌면 둘이 모두 건강할 때, 서로 싸울 일이 없을 때, 그런 순간에 아름답게 이별할 수만 있다면 오히려 그것이 최고의 이별이 아닐까. 그렇다면 그렇듯 완벽한 이별의 시점은 언제인 걸까.
생각의 비약이 심해질수록 내가 사랑하는 사람들, 나를 사랑하는 사람들, 내가 아는 사람이 사랑하는 사람들… 끝도 없는 상상과 의문과 말도 안 되는 해결책들이 머릿속에 떠오른다. 하지만 그 자물통들을 보면서 내가 도달한 결론은 단순하기 짝이 없다. 셀 수도 없이 많은 약속들, 부질없는 약속들, 결국 똑같은 내용의 약속들인 이 자물통들이 주는 메시지는 하나라는 사실.

'우리는 불확실한 미래에 대한 불안감을 해소하기 위해 부단히 노력한다.'
물론 그 많은 자물통들이 품고 있는 다짐들과 눈물들을 폄하하려는 것은 아니지만 말이다.

/

내가 지금 글을 쓰기 위해 잠시 머물고 있는 이 작은 펜션에서도 그런 사랑의 약속들과 흔적들을 발견한다. 내 방에 있는 낡은 방명록에는 서로의 사랑을 확인하고, 지금의 감정과 느낌을 기억하고, 미래의 변치 않는 사랑을 약속하는 글들이 빼곡하게 적혀 있다. 만난 지 한 달된 연인들, 100일을 기념하기 위해 찾아온 연인들, 결혼 10년을 자축하는 부부… 한결같이 변함없는 사랑을 원하고, 이다음에 다시 이곳을 찾아와 변함없는 사랑을 확인할 것을 약속하고 있다.

쇼팽의 이별곡은 클래식 음악을 즐겨 듣지 않는 사람일지라도 어디선가 한 번쯤은 들어봤을 곡이다. 이 곡의 멜로디가 전하는 애틋한 이별의 느낌은 누가 들어도 고개를 끄덕일 만한 공감을 이끌어 낸다. 쇼팽 자신도 자신의 작품 중 가장 아름다운 멜로디를 가진 곡이라며 만족해했다고 한다.

하지만 쇼팽은 이 곡에 '이별' 혹은 '슬픔' 과도 같은 타이틀을 직접 붙이지는 않았다. 게다가 이 곡은 작품번호 10의 12개 연습곡 중 한 곡이다.

연습곡이란 무엇인가? 피아니스틱한 기교의 습득을 위해서 만들어진 화려하고 짧고 빠른 곡들이다. 폴란드의 저명한 쇼팽 학자인 얀 에키에르가 현대 피아니스트들은 이 연습곡을 지나치게 느리게, 멜랑콜리하게 연주한다고 불평 아닌 불평을 하기도 했다니, 사실은 조금 덜 슬프게 연주하는 게 맞는 것일 수도 있겠다는 생각이 들기도 한다.

/

다시 그 많은 자물통들을 생각해 본다. 수없이 반복되고 되풀이되는 만남과 헤어짐들, 하지만 끝내 이별로 귀결될 수밖에 없었던 수많은 약속들. 이 모든 것들은 아마도 우리 인생에 딱 한 번 찾아오는, 마지막 이별을 감당해 내기 위한 연습이 아닐까?

엘레지보다 더 슬픈, 쇼팽의 연습곡처럼 말이다.

새드 피아노

초판 1쇄 발행 2014년 11월 1일

지은이_박종훈
펴낸이_김우연, 계명훈
기획 · 진행_f.book 김수경, 김연, 배수은, 박혜숙, 최윤정
마케팅_함송이
경영지원_이보혜
교정_손일수
디자인_Design group ALL(02.776.9862)
사진_문재성, 한정수

펴낸 곳_for book
주소_서울시 마포구 공덕동 105-219 정화빌딩 3층
판매 문의_02-753-2700(에디터)
인쇄_미래프린팅

출판 등록_2005년 8월 5일 제 2-4209호

값 15,000원
ISBN 978-89-93418-90-3 03800

Shrigleys exe

to

Lockett.

Requisitions on

answers on the